FABLES

NOUVELLES.

FABLES NOUVELLES,

DIVISÉES EN SIX LIVRES,

ET DÉDIÉES

À MONSEIGNEUR

LE DAUPHIN.

Par M. GROZELIER, P. D. L. O.

À PARIS,

Chez DES VENTES DE LA DOUÉ, Libraire,
rue Saint Jacques.

ET A DIJON,

Chez LA GARDE, Libraire, rue de Condé.

M. DCC. LXVIII.

(2)

A MONSEIGNEUR

LE DAUPHIN.

C'est de tout tems que la Sagesse (a)
'A pris soin de former les Princes & les Rois
'Au grand Art de regner, & d'aider leur jeunesse
De ce fardeau pénible à soutenir le poids,
En leur dictant de justes Loix.

(a) » Ego sapientia habito in consilio, & eruditis
» intersum cogitationibus . . . . . Per me Reges
» regnant, & legum conditores justa decernunt.
» Per me Principes imperant & Potentes justa de-
» cernunt. *Prov. de Salomon*, ch. 8. verf. 12, 15
& 16.

ÉPITRE.

Jadis un sage de la Grèce , (a)

De l'Apologue Auteur ingénieux

En fit hommage à ce Roi si fameux (b)

Par sa puissance & sa richesse ,

Qu'il étoit renommé des Rois le plus heureux.

Cet honneur a depuis fait le sort de la Fable ,

Elle a toujours paru sous un nom respectable. (c)

(a) Ésope , esclave Phrygien , passe pour être l'inventeur des Fables.

(b) Crésus , dernier Roi de Lydie , l'un des plus puissans Princes de son tems , ayant ouï parler d'Ésope , voulut le voir , & en conçut beaucoup d'estime. Ésope , en quittant la Cour de ce Roi , lui laissa les Fables qu'il avoit composées.

(c) Les Fabulistes modernes ont suivi communément l'exemple d'Ésope. Ils ont presque tous dédié leurs Fables à des Princes ou à des personnes d'un rang distingué : La Fontaine , à Monseigneur le Dauphin, Ayeul du Roi; Houdard de la Motte , à notre Auguste Monarque Louis XV; Richer , à M. le Prince de Conti; M. l'Abbé Aubert , à M. le Comte de Saint-Florentin , Ministre &

PRINCE, *daignez souffrir qu'elle use de ses droits;*

Ce sera la seconde fois (a)

Que ma Muse à la Cour, par la Fable introduite,

Pour y faire agréer ses regles de conduite,

Ose élever sa foible voix.

Ici la Vérité, toujours pure & sincere,

Secrétaire d'Etat ; M. Gay, Poëte Anglois, à M. le Duc de Cumberland.

Bruzen de la Martiniere a dédié au Prince des Asturies, (qui a été depuis Roi d'Espagne, sous le nom de Louis I.) les Fables héroïques d'Audin, Prieur de Terme & de la Fage, après en avoir rajeuni le style.

Sylvius Antonianus a dédié les Fables Latines de Faërne au Cardinal Saint Charles Borromée, qui avoit engagé ce Poëte à les composer pour l'instruction de la Jeunesse.

(a) J'ai eu l'honneur de dédier à Monseigneur le Duc de Bourgogne le premier Tome de mes Fables imprimées à Paris en 1760, chez Desaint & Saillant.

É P I T R E.

Ne se présente point avec un front sévere ;
Elle sçait assortir ses leçons à vos jeux.
Bientôt pour vous tracer la route de la gloire ,
  Prenant un air plus sérieux ,
   Par les monumens de l'Histoire
Elle vous instruira des faits de vos Ayeux.

AVERTISSEMENT.

JE prie le Lecteur de se rappeller ce que j'ai dit dans le Prologue du premier Tome de mes Fables, que je n'ai entrepris cet Ouvrage que pour l'instruction des Jeunes Gens ; ainsi j'ai dû me mettre à leur portée, en écrivant d'un style simple & naturel.

J'ai dû aussi donner une certaine étendue à quelques-uns des traits de Morale que j'ai employés : s'ils avoient toujours été *concis* & *saillans*, j'aurois risqué de n'être pas entendu, selon ce que dit Horace : *Brevis esse labore, obscurus fio. Art Poëtique.*

D'ailleurs j'avois l'exemple de la Fontaine, & de nos meilleurs Fabulistes, qui ne renferment pas toujours leur Morale dans un ou deux vers ; mais qui lui donnent plus d'étendue, suivant qu'en éxige la pensée. On est assez court, quand on ne dit rien de superflu. J'ai mieux aimé viser à l'utile, que de donner tout à l'agréable.

J'ai varié mes Acteurs le plus qu'il m'a été possible ; je les ai pris parmi les hom-

mes de différentes conditions , & chez les
animaux de toute efpéce , Quadrupes ,
Oifeaux , Poiffons , Reptiles , Infectes.
J'ai même introduit fur la fcène les Arbres , les Plantes , les Fleurs , le Soleil,
la Lune , les Etoiles , les Météores , &
tout ce que préfente le Spectacle de la
Nature. Comme tout y paroît animé ,
chaque être peut y tenir fon langage différent & nous inftruire. *Cæli enarrant glo-*
riam Dei , & opera manuum ejus annuntiat
firmamentum. . . . Non funt loquelæ , ne-
que fermones , quorum non audiantur vo-
ces eorum. Pf. 18.

Je me fuis propofé de mettre par-là plus
de variété dans ma Morale , & de donner
aux Jeunes Gens quelque connoiffance de
l'Hiftoire Naturelle , dont j'ai rapporté
plufieurs faits curieux. C'eft un fecond
objet que j'ai eu en vue , mais moins in-
téreffant que le premier.

Je n'ai point fait dans mes Notes la
defcription des Animaux les plus connus.
Cela m'a paru inutile ; mais je me fuis un
peu étendu fur les autres.

Quoique dans mon premier Volume ,
& même dans ce fecond , j'aye préfenté
beaucoup de fujets nouveaux de mon invention , j'avouerai , qu'à l'exemple de la

Fontaine * , j'ai plus imité dans celui-ci qu'inventé. Des sujets déjà traités avec succès, soit en latin, soit en langues modernes, m'ont paru préférables à des sujets neufs, qui n'auroient pas eu peut-être le même agrément.

Comme la Morale est le but de la Fable, & la fin qu'on en doit retirer, j'ai cru, pour rendre mon travail plus utile, devoir rassembler dans une Table Alphabétique tous les traits de Morale parsemés dans ces deux Volumes, qui forment comme un corps d'instruction pour les Jeunes Gens. Ils auront par-là plus de facilité de trouver celles qui leur seront nécessaires, suivant le tems & les occasions. Les personnes de différentes conditions auront aussi le même avantage pour ce qui les regarde. Si nos Fabulistes avoient eu cette attention, ils auroient épargné la peine de chercher dans tout un volume une pensée, ou une vérité, qu'on voudroit se rappeller, & qu'on ne peut retrouver faute de ce secours. Il feroit à souhaiter que dans les Editions nouvelles

---

* La Fontaine a tiré plus de 40 sujets de ses Fables de celles de Faerne, Poëte latin moderne, sans ceux qu'il a tirés d'Esope, de Phédre, & d'autres Auteurs.

qu'on en donnera, on fuivît cette méthode ; il y auroit plus à profiter pour
les Lecteurs.

Pour donner plus de force aux vérités
de Morale, dont j'ai fait ufage, je les
ai quelquefois appuyées de Paffages choifis de l'Ecriture-Sainte, & des plus beaux
traits des anciens Poëtes Latins. C'eft un
fecours que j'ai cru également propre à
orner l'efprit & la mémoire des Jeunes
Gens, & à leur former le cœur. J'ai mis
ces Paffages au bas des pages, fous la
Morale de la Fable. Les autres Notes
viennent après.

Ce feroit ici le lieu de répondre aux
critiques que l'on a faites de quelques endroits de mon premier Volume : mais fi
elles font juftes, c'eft à moi d'en profiter, pour perfectionner cet Ouvrage : fi
elles font fauffes, je dois les négliger.
Tout ce qui dégénere en difputes parti-
culieres, fatigue inutilement le public,
eft à pure perte pour ceux qui s'y livrent,
& de peu de profit pour la Littérature.

FABLES NOUVELLES.

LIVRE VII.

PROLOGUE.

JE l'ai promis, & ne veux m'en dédire,
Duffé-je armer contre moi la fatire ;
 Je vais reprendre mes pinceaux,
 Pour peindre encor les animaux.
Je n'avois fait qu'ébaucher la matiere ;
Il me reftoit une vafte carriere :

Tome II.   A

Il faut tâcher de la remplir
Malgré tous les dangers que je puis y courir.
Par ses sages avis la morale est utile ;
Mais elle est à traiter pénible & difficile.
On dit souvent trop ou trop peu,
Et dire ce qu'il faut ne fut jamais un jeu.
Le Lecteur croit aussi qu'un Auteur veut médire,
Et qu'aux dépens d'autrui son dessein est de rire,
Lorsque, des passions découvrant les ressorts,
Il lance dans ses vers quelques traits un peu forts.
Je n'eus jamais cette injustice.
Ce n'est qu'en général que j'attaque le vice.
Si quelqu'un croit se voir dans mes naïfs por-
traits,
Tant mieux : eh bien, qu'il en profite,
Sans que sa bile s'en irrite.
Je l'assure pourtant qu'ils ne sont pas plus faits
D'après lui, que d'après tout autre.
Si le défaut d'autrui quelquefois est le nôtre,
Et si la Fable est un miroir,
Chacun ne-peut-il pas s'y voir ?
Quant au style, on me fait encor nouvelle affaire.
On y voudroit du *concis*, du *saillant* ;
S'il est *sensé*, *clair*, *élégant*,

Comme m'en flatte * un Journal Littéraire,
En faut-il plus pour inftruire & pour plaire ?

---

* L'Auteur de l'Année Littéraire 1760, Tom. V.
pag. 85, a dit de mes Fables, » qu'il y regne de
l'élégance, de la clarté, du fens ; mais que la
Morale y eft préfentée fous des traits qui ne font ni
concis, ni *faillans*.

DISCOURS

Sur l'utilité des Fables.

LA Fable est de nos mœurs une vive peinture.
　　　Jadis l'Auteur de la Nature
　　　Imprima dans les Animaux
Les penchans des humains, leurs vertus, leurs dé-
　　　　　fauts.
　　　C'est ici l'école du sage ;
Il peut étudier dans chaque personnage,
　　　(Si l'on sçait les représenter
　　　Chacun avec son appanage,)
　Ce qu'il faut fuir, ce qu'il faut éviter.
Le Lion, le Cheval sont remplis de courage,
On voit briller en eux la générosité.
　　　Le Loup, le Tigre ont en partage
　　　La fureur & la cruauté ;
　　L'Ours la colére & la férocité ;
　　Le Renard la ruse & l'adresse ;
Le Singe la malice & la subtilité.
Le Baudet n'a pour lot que la stupidité ;

L'entêtement & la pareſſe ;
Le Liévre la timidité.

La Colombe ſans fiel, la Brebis ſans fineſſe
Charment par leur douceur & leur ſimplicité ;
Le Chien par ſa fidélité.

Le Bœuf, que l'aiguillon preſſe & pique ſans ceſſe,
Montre au travail ſes ſoins, ſon aſſiduité.

Les Oiſeaux, les Poiſſons chacun en leur eſpéce ;
Les Inſectes auſſi, malgré leur petiteſſe,
Font voir dans leurs inſtincts même variété.

La Fable eſt quelquefois une ſcène tragique,
Mais plus ſouvent elle eſt comique,
Et ſes ingénieux Acteurs
Donnent à rire aux Spectateurs.
Que dis-je? Elle n'eſt pas ſeulement dramatique ;
Elle devient encore épique,
Et communément ſes Héros
Se prennent chez les Animaux.
Qu'eſt-ce en effet * l'Epopée? Une Fable,

---

* L'Epopée eſt le Poëme Epique, autrement dit
Héroïque, tel que l'Iliade & l'Odiſſée d'Homere,
l'Enéïde de Virgile, la Jéruſalem délivrée du Taſſe,

A iij

Dont l'action feinte, mais vraisemblable,

Qui se passe toute en récit,

Ne contient rien de véritable,

Que la Morale qui la suit.

O c'est trop exalter votre genre d'écrire !

Vont me dire quelques Censeurs,

Et ne craignez-vous pas sur ce point la satire ?

Non, j'ai pour garants maints Auteurs, *

Roland le Furieux de l'Ariofte, la Lufiade du Ca-
moëns, le Paradis perdu de Milton, le Lutrin de
Boileau, la Henriade de M. de Voltaire, & le Vert-
Vert de M. Greffet, &c.

* Ariftote, dans fa Poëtique, Chap. 6, dit
» que [la Fable eft ce qu'il y a de principal dans
» le Poëme, & qu'elle en eft comme l'ame.]

Le Pere le Boffu, Chanoine Régulier de Sainte
Geneviéve, dans fon Traité du Poëme Epique, dé-
finit ainfi l'Epopée [» un Difcours inventé avec art
» pour former les mœurs par des inftructions dé-
» guifées fous les allégories d'une action impor-
» tante; qui eft racontée en vers d'une maniere
» vraifemblable & merveilleufe,] & pour abréger
» la définition, il dit : [l'Epopée eft une Fable
» agréablement imitée fur une action vraifembla-
» ble & merveilleufe.]

Très-experts dans la Poëtique ;
Avec de tels appuis je crains peu la critique.

Voyez aussi les sçavantes Notes de M. Dacier,
Secrétaire perpétuel de l'Académie Françoise, sur
la Poëtique d'Aristote, & sur celle d'Horace.

FABLE I.

LE LION*, LE TIGRE**, ET LE VOYAGEUR.

UN Tigre, cherchant quelque proye,
S'élança fur un Voyageur :
Un Lion l'apperçoit, vole au Tigre avec joye,
L'attaque pour fauver l'homme de fa fureur.
De leurs rugiffemens les forêts retentiffent,
Leurs griffes de fang fe rougiffent ;
Mais le Tigre à la fin fuccombe fous l'effort
Du Lion plus jeune & plus fort.

---

* Lion, bête féroce, la plus fiére, la plus forte, la plus courageufe, & la plus dangereufe de toutes. C'eft ce qui fait qu'on le nomme le Roi des Animaux.

** Tigre, animal féroce & cruel, qui a des griffes & la figure d'un chat, mais qui eft plus grand. Il a la peau tachetée. Oppien dit que le Tigre eft le plus beau de tous les animaux, comme le Paon l'eft des Oifeaux. Le Tigre eft très agile & très-vite. Les Poëtes difent que le Char de Bacchus étoit tiré par des Tigres.

L'homme faifi d'effroi, pour fa vie appréhende,
Conjure le Lion, d'une tremblante voix,
De vouloir l'épargner. Senfible cette fois,
Le Héros généreux fe rend à fa demande,
Et lui tient ce difcours en regagnant les bois :
    Quelle bête affez téméraire
A ma force indomptable oferoit s'oppofer ?
Tu vois par ce combat à quoi c'eft s'expofer
    De vouloir me faire la guerre.
J'ai feul droit à l'Empire, ici tout m'eft foumis.
Je fais fuir, ou j'abbats mes plus fiers ennemis.
    Vois de ces bêtes étouffées
Sur la terre étendus les cadavres hideux :
Le fang même des Ours teint ces fauvages lieux,
Et leurs os blanchiffans me forment des trophées.
    Tout concourt à me rendre heureux.
Oui, dit l'homme, j'ai vû votre force indomptable,
Elle doit effrayer les autres animaux ;
Mais fe peut-il qu'un Roi, comme vous, redoutable,
Bon, brave, généreux, s'applaudiffe des maux
    Qu'il fait fouffrir au miférable ?
    Gagnez les cœurs, en vous rendant aimable.
    Laiffez le meurtre au brigand, au voleur.
Que la juftice en tout régle votre puiffance.
              A y

Les Tyrans regnent par la peur,

Et les bons Rois par la clémence.

Vous me l'avez fait voir cette aimable vertu,

En m'accordant la vie, & je fuis convaincu

Que le Ciel vous donne l'empire,

Pour être, en l'imitant, pere des malheureux.

Permettez-moi de vous le dire,

Votre gloire confifte à travailler pour eux,

A leur donner des marques de tendreffe.

Aujourd'hui tu m'ouvres les yeux,

Dit le Lion, jufqu'ici ma jeuneffe

Fut féduite en goûtant des Flatteurs le poifon,

───────────────────────────

Beata terra, cujus Rex nobilis eft. Ecclefiaft.
Chap. 16. ℣. 17.

Juftitiâ firmatur folium. Prov. Chap. 16. ℣. 12.

*Mifericordia & veritas cuftodiunt Regem, & ro-
boratur clementiâ thronus ejus.* Prov. Ch. 20 ℣. 28.

Hoc Reges habent

*Magnificum & ingens, nulla quod rapiet dies.
Prodeffe miferis, fupplices fido lare
Protegere.*

Senec. in Medeâ.

Mais tu parles avec sageſſe.
Je ne veux déſormais ſuivre que la raiſon.

Tunc omnia jura tenebis,
Cum poteris Rex eſſe tui.
Claudian. lib. 4. de honor. Conſul.

FABLE II.

LA BELETTE * ET LA COLOMBE.**

LA Colombe voyoit tous les jours la Belette
Tranſporter ſes petits dans des lieux différens ;
Elle lui dit, d'où vient cette humeur inquiéte ?
Que crains-tu donc pour tes enfans ?
Ce que je crains. Belle demande à faire !
Lui répond la Belette, Hé ! ne ſuis-je pas mere ?
Comment ne craindre pas, quand je vois tous les ans
Qu'au même nid dépoſant ta couvée,
A peine écloſe elle t'eſt enlevée ?
Dois-je auſſi m'expoſer à pareils accidens ?
Se repent-on jamais de trop de prévoyance ?
C'eſt ta ſécurité qui fait ma défiance.
Je deviens ſage à tes dépens.
Les ſoins ſeuls donnent l'aſſurance.

---

* Belette. Petit Animal Sauvage, qui fait la guerre aux Pigeons. Elle a le goſier blanc, le dos rouge, & le muſeau étroit. L'amour qu'elle a pour ſes petits fait qu'elle les tranſporte ſouvent d'un lieu en un autre.

** Colombe. C'eſt la femelle du Pigeon.

FABLE III.

LE SANGLIER * ET LE RENARD **.

LE Renard vit le Sanglier
 Aiguiſer ſes dents contre un Chêne :
Hé, pourquoi, lui dit-il, te donner cette peine,
 Quand tu n'as pas à batailler ?
 Eſt-ce donc au tems des allarmes,
 Répond le terrible animal,
 Qu'il faut mettre en état ſes armes ?
 Alors on réuſſiroit mal.
 Fer émouſſé fut-il jamais d'uſage ?
Un eſprit aux dangers qui ſçait ſe préparer,

---

 * Le Sanglier eſt un Porc ſauvage, qui ſe retire dans les forêts, & qu'on ne peut jamais apprivoiſer. Il a quatre groſſes dents, que l'on appelle défenſes. Les deux de ſa mâchoire inférieure ſortent de ſa gueule. Sa tête s'appelle *hure*, ſon groin, *boutoir*. La Laye c'eſt la femelle.

 ** Renard. Animal à quatre pieds, ſauvage, fin, malicieux, & fort nuiſible. C'eſt une eſpéce de chien ſauvage.

Ou les furmonte avec courage;
Ou, lorfqu'il ne peut s'en tirer,
Sa prudence le dédommage;
Il n'a rien à se reprocher.

FABLE IV.

LE CHEVAL ET LE LOUP *.

SEUL, rassuré par son courage :
Un Cheval paissoit dans les bois.
Un Loup l'aborde, & lui tient ce langage :
Vigoureux comme je te vois,

---

* Loup. Animal sauvage, qui ressemble à un
gros Mâtin. Le Loup a les yeux bleus & étincel-
lans, l'ouverture de la gueule si grande, & le cou
si court, qu'il ne peut le remuer, de sorte que s'il
veut regarder de côté, il est obligé de tourner le
corps. Lorsque les Loups sont pressés de la faim, ils
se mangent, à ce qu'on croit, les uns les autres.
Etant vieux ils sont blancs, de gris qu'ils étoient
dans leur jeunesse ; ils deviennent même, quand
ils sont âgés, goûteux & enragés. Il n'y a point
de Loups en Angleterre, parce qu'on les y a dé-
truits. Mais les Pays septentrionaux en sont pleins.
En Laponie ils attaquent les hommes & les femmes enceintes, & mangent les petits enfans. Le
Loup est le plus goulu, le plus carnassier, le plus
fin, le plus méfiant des animaux, & celui qui a
le meilleur nez de tous.

Que ne laiſſes-tu là ce maigre pâturage,
    Pour tenter de nobles exploits ?
    Quelle inſipide nourriture !
Toujours de l'herbe ! Eſt-ce ainſi que l'on vit ?
    Eſt-ce de quoi contenter l'appétit ?
D'Animaux ſucculens que ne fais-tu pâture ?
Tiens, vois-tu ce mouton. Qu'il eſt gras, qu'il eſt
        beau !
    Je viens d'en faire la capture,
    Et chaque jour je me procure
L'avantage aſſuré de quelque mets nouveau.
    Ton ſort ne me fait point envie,
Lui répond le Cheval, j'uſe d'un aliment,
    Qui ſoutient mon tempérament,
Et rend chéts aux humains mes travaux & ma vie.
Mais toi, l'objet commun de l'indignation,
    On ne ceſſe de te pourſuivre ;
    Ta cruelle façon de vivre
Fait lancer contre toi mainte imprécation.

Un méchant, quoiqu'heureux, n'a pas droit à
    l'eſtime :
L'infamie eſt toujours l'appanage du crime.

FABLE V.

LA BERGERE ET LA NAYADE *.

UNE Bergere affise au bord d'une fontaine,
Dans le criftal des eaux admiroit fes appas;
Attentive à fe voir, elle ne penfoit pas
    Que le temps paffe, & le plaifir entraîne.
Elle eut foif, elle prend dans le creux de fa main
    De cette eau tranfparente & pure;
Mais le miroir fe brouille; elle s'efforce envain
    De retrouver fes traits & fa figure.
Elle fe plaint, s'afflige; alors du fond des eaux
Une Nayade fort, & prononce ces mots:
    Belle, attendez qu'à l'eau troublée
Soient rendus pour vous voir le calme & le repos,
Vos charmes paroîtront, vous ferez confolée.

---

* Nayade. Fauffe Divinité, que les Payens
croyoient préfider aux Fontaines & aux Rivieres.

Quiconque a le cœur agité,
Defire envain de fe connoître :
Tel qu'on eft, on ne peut à foi-même paroître
Qu'au fein de la tranquillité.

FABLE VI.

LES DEUX BŒUFS.

PLEINS de vigueur, d'un haut corsage,
Deux Bœufs nés pour le labourage,
Refusoient le travail ; mais l'un des deux sur-tout
Regimboit, secouoit le joug,
Et frissonnoit en voyant la charrue.
Le maître l'engraisse & le tue ;
L'autre ruminant sur ce cas,
Esquivons, dit-il, le trépas ;
Puisque de ces deux maux l'un est inévitable,
Et qu'on me force de choisir,
Choisissons le plus supportable,
Mieux vaut travailler que mourir.

---

*Ne oderis laboriosa opera, & rusticationem
creatam ab Altissimo.*
                    Eccles. c. 7. ℣. 16.

FABLE VII.

LA PIE * ET LA COLOMBE.

LA Pie & la Colombe allerent voir un jour
Le Paon **, pour lui faire leur Cour.
En revenant l'Agace médifante
Blafonnoit l'oifeau de Junon.

---

* Pie. Oifeau noir & blanc, de la groffeur d'un
Pigeon que l'on apprivoife, & à qui on apprend
à parler. La Pie caufe beaucoup. C'eft la faim qui
a appris aux Pies à effayer de parler comme nous.
Agace eft un nom que l'on donne à la Pie.

** Paon. Oifeau qu'on nourrit dans les baffes
cours. Il a une grande queue, diverfifiée de plufieurs couleurs, & remplie de plufieurs marques en
forme d'yeux. Il a fur la tête un petit bouquet de
plumes, comme un petit arbre chevelu. Le Paon
fait la roue pour fe mirer dans fa queue. Au printems il étale avec plus de magnificence l'or & l'azur
de fes aîles. Il fe mire dans fes plumes, dont l'éclat
eft redoublé par celui de la lumiére, qui n'embellit
pas feulement fes couleurs, mais qui les multiplie.

Junon. Nom propre d'une Déeffe des anciens

Que fa voix, difoit-elle, eft aigre, glapiffante !

 Quel cri, quel lamentable ton !

 Que ne garde-t'il le filence !

Et fes pieds, qu'ils font laids ! que ne les cache-t'il !

 Qu'en penfez vous ? Parlez fans complaifance.

 Votre œil eft un peu trop fubtil,

 Lui dit la Colombe ingenue :

Tous ces défauts n'ont point frappé ma vue,

 Il m'a charmé par fa beauté ;

L'éclat de fes couleurs & leur variété,

 Sa queue étoilée & brillante,

 Tout en lui m'enléve & m'enchante,

 Et puifqu'il faut le déclarer,

 Je ne fçaurois que l'admirer.

Payéns. Elle étoit fille de Saturne & de Rhée, fœur & femme de Jupiter. Elle étoit la Déeffe des Royaumes & des Empires, des richeffes & des mariages, fous le nom de Lucine. Les Paons lui étoient particuliérement confacrés. Dans fes ftatues on en mettoit à fes pieds. On en atteloit auffi à fon Char.

Chercher les défauts, les reprendre,
Est la marque d'un mauvais cœur.
Voir le bien, l'aimer, le défendre,
D'un cœur droit montre la candeur.

FABLE VIII.

LES ETOILES ET LE SOLEIL.

DANS une belle nuit les brillantes Etoiles,
Pour la prééminence eurent un grand débat,
Le Soleil au matin paroît avec éclat,
Ces Astres à l'instant se couvrent de leurs voiles.

De la foible raison orgueilleux Partisans,
Pour qui le moindre atôme est un profond mystere,
Et qui rapportez tout au jugement des sens,
Quand Dieu daigne parler, apprenez à vous taire.

FABLE IX.

LE MÉDECIN ET LE GOUTEUX.

UN Médecin voyoit un vieux gouteux,
Grand amateur du doux jus de la treille :
Rien, lui dit-il, rien n'eſt plus dangereux,
Que de vuider trop ſouvent la bouteille.

C'eſt la ſource de votre mal,
Vous en ſevrer eſt le point capital.

L'avis ne parut pas déplaire ;
Mais le ſuivre n'étoit choſe facile à faire.

Deux jours après revient le Médecin :
Que voit-il ? Son malade à table
Mettant à ſec les pots dès le matin.
Que faites-vous, dit-il ? Si vous allez ce train,
Votre mort eſt inévitable.

A ces mots le Gouteux dit d'un air agréable,
Hé bien, puiſque mon mal eſt cauſé par le vin,
En buvant j'en taris la ſource.

Quiconque a bû boira, le proverbe eſt certain.
Pour guérir un Buveur, il eſt peu de reſſource.

FABLE X.

FABLE X.

LA LIONNE ET LA MULE.

UNE Lionne * en son Palais,
Etant récemment accouchée,
Reçut les vœux de ses Sujets ;
La Mule **, quelques jours après,
Du Louvre s'étant approchée,
Un gros Dogue *** lui dit, la Reine est empêchée ;
Elle apprend à former les pas
Du Prince nouveau né, ne la détournez pas.

---

* Lionne. Femelle du Lion. Elle est distinguée de son mâle, en ce qu'elle n'a point de criniere. La Lionne est furieuse quand elle a des petits. Elle est aussi un des Animaux qui aime plus ses petits.

** Mule. Bête de somme engendrée d'un Ane & d'une Jument, ou d'un Cheval & d'une Anesse. Les Mules sont stériles, fantasques, & sujettes à ruer.

*** Dogue. Sorte de chien gros & fort, qui vient d'Angleterre. Il sert à garder les maisons, ou à

B

Une feconde fois la Mule revenue,

  Nouveau refus, point d'entrevue :

  Autres prétextes furent pris,

  La Lionne inftruifoit fon fils

  De la nobleffe de fa race,

  Et des hauts faits de fes ayeux ;

Lui montroit à paroître en public avec grace,

A foutenir par-tout un air majeftueux.

  La Mule enfin, fans s'être rebutée,

  Revint une troifiéme fois,

Pour offrir fon hommage à la Reine des bois.

  Elle fut encor rejettée.

La Reine, lui dit-on, montroit en ce moment

  Au Prince à rendre la juftice

  Sans égards & fans avarice,

  Et les loix du Gouvernement.

La Mule cette fois dit, en hochant la tête,

Voilà bien des façons pour former une bête.

La Lionne en colere entendant ce propos,

Du fond de fon Palais fit retentir ces mots :

  Peut-on fe donner trop de peine,

  Pour former le fils d'un grand Roi ?

---

combattre contre les Taureaux & les autres
bêtes.

Est-il pour une Souveraine
Un plus noble, un plus doux emploi?

Voyez le Chap. 4. des Proverbes de Salomon sur l'Education d'un Prince, depuis le ℣. 3. jusqu'à la fin du Chapitre.

FABLE XI.

LE RENARD MOURANT.

UN vieux Renard touchant à son heure derniere,
　　Alloit subir la loi du sort.
　　Près de lui sa famille entiere,
　　Eplorée attendoit sa mort.
　　Soulevant sa tête à grand'peine,
Et soupirant des sons foibles & languissans,
　　Il prononça cette harangue, pleine
　　　Et de sagesse & de bon sens :
Gardez-vous d'imiter l'exemple de vos Peres,
　　　Ecoutez-moi, mes chers enfans,
　　　Suivez les avis salutaires
Que je vous donne en ces derniers momens.
　　　Je sens tout le poids de mes crimes.
　Voyez, voyez ces sanglantes victimes,
Ces Poulets égorgés, ces Coqs-d'Inde meurtris,
　　　Qui s'offrent à mes yeux surpris. . . .
Pourquoi cette autre troupe, éperdue & tremblante,
　　　Me fait-elle entendre ses cris ? . . .

Pourquoi cette Poule * glouſſante,
Qui me demande ſes petits ? . . .
A ces mots la famille émue
Jette de tous côtés la vûe,
Comptant de faire un bon repas.
Où ſont-ils donc ces Poulets gras,
Diſent-ils ? Pas le moindre atôme.
Sans doute c'eſt un vain phantôme,
Qui ſéduit votre eſprit troublé.
O gloutons, réprimez l'appétit déréglé
Qu'irrite en vous la gourmandiſe ;
Reprend-il ; elle vous déguiſe
Vos injuſtices & vos torts ;
Vous n'en pourrez un jour ſoutenir les remords.
Travaillez, mes enfans, à regagner l'eſtime
Que nous a fait perdre le crime.
Ce n'eſt qu'en faiſant bien que l'on peut être heu-
reux. . . .
Le conſeil eſt très-bon, lui repliqua l'un d'eux,

---

* Glouſſante, glouſſer, ou clouſſer eſt le cri
naturel que fait la Poule lorſqu'elle conduit ſes
Poulets, ou qu'elle les appelle.

Puiſſe-t'il être praticable !

Mais ne ſçavez-vous pas combien eſt déteſtable

Le renom que par tout nous ont fait nos ayeux ?

Fripons de pere en fils , par leur mauvaiſe vie ,

      Ils nous ont notés d'infamie.

      La réputation , hélas !

Se perd-elle une fois , elle ne revient pas.

Fuſſions-nous aujourd'hui des brebis innocentes ,

Nous paſſerions toujours pour bêtes malfaiſantes.

      Le coup nous eſt porté. Soit donc

Comme il fut juſqu'ici , répond le moribond.

Mais qu'entends-je ? Des cris de Poules gémiſſantes.

      Courez, mes fils, ſoyez ſobres . . . pourtant

Un Poulet me feroit grand bien en cet inſtant.

Dans un pere la vie au crime accoutumée ,

      Parle plus haut que les diſcours ;

Sic natura jubet, velociùs & citiùs nos
Corrumpunt vitiorum exempla domeſtica, magnis
Cum ſubeunt animos auctoribus.
               Juvenal, Sat. 14.

Abſtineas igitur damnandis, hujus enim vel
Una potens ratio eſt, ne crimina noſtra ſequantur

Et l'habitude au mal dans les enfans formée,
Prend rarement un autre cours.

Ex nobis geniti, quoniam dociles imitandis
Turpibus, ac pravis omnes sumus.

Juvenal, Sat. 14.

Exemplo quodcunque malo committitur, ipsi
Displicet auctori. Prima est hæc ultio, quod se
Judice, nemo nocens absolvitur, improba quamvis
Gratia fallacis Prætoris vicerit urnam.

Juvenal, Sat. 13.

FABLE XII.

LE MANANT ET LE RÔTISSEUR.

UN Manant, dont tout l'ordinaire
Etoit du pain & de l'eau claire,
Paſſant un jour devant un Rôtiſſeur,
Se ſentit vivement attiré par l'odeur,
 Que rendoient des Poulets en broche,
 Et des ragoûts ſur le fourneau.
 Saiſi d'un appétit nouveau,
 Près de la boutique il s'approche,
 Et tirant du pain de ſa poche,
 Du fumet qu'ils font exhaler,
 Il commence à ſe régaler.
 Son dîné fait, il ſe retire.
 Mais le Rôtiſſeur furieux
 Court après lui roulant les yeux.
Paye, eſcroc, lui dit-il. Je crois que tu veux rire,
Répond notre Manant, me prends-tu pour un ſot?
 Paya-t'on jamais tel écot?

Et moi suis-je obligé de nourrir la canaille,
Sans recevoir ni sou, ni maille,
Reprend le Cuisinier ? Oui, certes tu payeras.
Alors entr'eux s'élévent grands débats.
A leurs clameurs accourt la populace,
A l'envi chacun les agace.
Dans ce conflit survient fort à propos
Certain plaisant, connu par ses bons mots.
Tous deux le prennent pour arbitre
De leur étrange différent.
Le Bouffon, enflé de ce titre,
Prend un air sérieux. Donne-moi de l'argent,
Dit-il, d'un ton ferme au Manant.
Celui-ci, bien surpris, déguaine
Un écu qu'il lâche à grand'peine.
Le Bouffon l'ayant pris, le fait sonner trois fois,
Puis le rendant, dit, en haussant la voix,
Au Rôtisseur, tu l'as régalé de fumée,
Et pour payement il te donne du son ;
Allez en paix, l'affaire est consommée.

Que de Procès finiroit-on,
Si l'on rendoit des Arrêts sur ce ton ?

B v

F A B L E XIII.

La Colombe et la Tourterelle.

La plaintive Colombe avec la Tourterelle
    S'entretenoit de fes malheurs.
    Le trifte état, lui difoit-elle,
Que de vivre toujours dans la crainte & les pleurs !
Sans ceffe le Milan ** me pourfuit, me harcelle,
Et le cruel me vient d'enlever deux petits;

---

   * Tourterelle. Oifeau cendré & blanc, qui eft prefque femblable au Pigeon. Le mâle & la fe-melle vont ordinairement enfemble; & lorfque l'un des deux meurt, l'autre vit feul le refte de fes jours. La Tourterelle eft le fymbole de la chafteté conjugale. On attribue le gémiffement à la Colombe qui a perdu fes petits.

   ** Milan. Oifeau de Proye fort léger, qui vole haut, qui eft de couleur fauve ou noire, & qui a pour ennemis le Duc & le Sacre, qui font deux autres Oifeaux de Proye. Les Milans font de diver-fes grandeurs & plumages.

Peut-être que bien-tôt les autres & la mere
  Tomberont encor sous sa serre;
  Un beau matin nous serons pris.
  Voilà ce qui me désespère.
  La Tourterelle attendrie au récit
  De la Colombe son amie,
Sans songer aux périls que court sa propre vie,
Lui dit: venez chez moi, près d'ici j'ai mon nid,
Avec vos chers enfans vous serez bien reçue,
Et contre le Milan par mes soins défendue.

  Ah ! Si c'étoit quelqu'Oiseau belliqueux
   Qui voulut prendre ma défense,
Dit la Colombe, en lui je prendrois confiance,
  Et le succès ne seroit pas douteux;
Mais hélas ! avec vous quelle est mon espérance ?
Votre unique ressource est de faire des vœux.
   Pourriez-vous avec assurance,
De l'ennemi commun soutenir la présence ?
Il nous écraseroit d'un seul coup toutes deux.

Les foibles volontiers offrent leur assistance
  A ceux qui sont foibles comme eux.
  A-t-on la force & la puissance,
A peine pense-t'on qu'il est des malheureux.

      B. vj.

FABLE XIV.

LE SINGE ET LE LION.

UN Lion qui rendoit, dit-on,
Sans être taxé d'avarice,
En toute équité, la justice
Aux Animaux de son canton,
S'étoit pour quelque-tems absenté de son antre.
Un vieux Singe croyant pouvoir le remplacer,
Et dans ce noble emploi comme lui s'exercer,
Fait tant qu'en son Palais furtivement il entre;
Puis se cachant au fond, il contrefait la voix
Du Lion l'oracle des bois.

---

* Singe. Animal qui approche de la figure de l'homme, & qui en contrefait les actions. Il vit d'herbes, de blé, de noix & de pommes. Il tue les vers, les araignées & les poux qui viennent à la tête des personnes. Le Singe est fort docile, & fait toutes sortes de tours, danse sur la corde, & s'y donne l'estrapade. Il y a des Singes de différentes grandeurs & couleurs.

Il dit aux Animaux, venus à l'ordinaire,
La goûte me retient, & je ne puis sortir ;
Restez-là, que chacun m'expose son affaire ,
Par un prompt jugement il la verra finir.

  On plaide, il rend mainte Sentence ;
  Mais c'est avec tant d'ignorance ,
  Observant si peu l'équité ,
Que les Plaideurs lézés entrent en défiance.
  Pour éclaircir la vérité ,
De l'antre on veut percer la sombre obscurité.
On apperçoit le Singe, il s'enfuit au plus vîte
  Pour échapper au blâme mérité.
Le Lion cependant vient retrouver son gîte ,
Chacun lui fait sa plainte : il revoit les procès ,
  Et les finit par de justes Arrêts.
Il demande le Singe. On le cherche. On l'amene.
  Après avoir été berné,
  Il se voit dûement condamné
  Aux étrivieres pour sa peine.

  Ainsi, quand un Juge ignorant,
  Par qui la Justice est blessée,
  Tâche, sous un air important,
  De couvrir son mince talent,
  Du peuple il devient la risée.

FABLE XV.

LE CERF * ET SON FAN.

UN Fan difoit au Cerf : Comment fe peut-il faire
Qu'ayant le bois fi fort, les jambes fi légères,
Et de plus un ferme maintien,
Vous vous mettiez à fuir à l'approche du chien ?
Il eft vrai, dit le Cerf, j'eus tous ces avantages,
Et dans les différens partages
Des biens que la Nature a faits aux Animaux,
Elle nous a comblé des préfens les plus beaux.
J'en rends grace à fa bienfaifance,
Mais je t'avouerai franchement

---

* Cerf. Animal fauvage, rouge-bai, que les grands Seigneurs prennent plaifir à chaffer, qui eft fort léger à la courfe, & qui porte fur fa tête un grand bois. Il a le cou long, les cuiffes menues, la queue courte, & les pieds fourchus. Le Cerf vit fort long-tems. La fémelle s'appelle *Biche*. Le petit Cerf s'appelle *Faon*. On appelle auffi *Faon* le petit du Chevreuil. On prononce *Fan*. Les Cornes du Cerf s'appellent fon Bois.

Qu'elle ne nous a pas accordé la vaillance.

Dès que j'entends des Chiens le terrible aboiment,

Je sens évanouir ma force & ma constance ;

    La crainte me saisit le cœur.

    On ne guérit pas de la peur.

Lâches, que vous sert-il, pour repousser l'injure

    Par-tout attachée à vos noms,

De votre peu de cœur d'accuser la Nature ?

    En passez-vous moins pour poltrons?

FABLE XVI.

L'AVARE ET SON VALET.

CERTAIN richard, à l'avarice enclin,
Outrant chez lui les loix économiques,
Et de lésine épuisant les pratiques,
Dans beaucoup d'eau noyoit le peu de vin
    Qu'il donnoit à ses domestiques,
Et leur tailloit exactement leur pain.
    Il se postoit en sentinelle,
    Tandis qu'ils prenoient leurs repas;
Afin que l'appétit ne les entraînât pas,
Il faisoit à leur table une garde fidéle.
Un jour qu'il en vit un qui, pressé par la faim,
    Ne songeant qu'à remplir sa pance,
D'une façon gloutonne exploitoit sa pitance :
    Te verrai-je long-tems, coquin,
    Faire aller ainsi ton moulin,
    Lui dit-il perdant patience ?
Oui, répond le Valet, notre moulin ira
    Tant que l'eau ne lui manquera,
Et graces à vos soins il en a suffisance.

Envain crut-il par ce bon mot
Pouvoir corriger fon Avare,
L'avarice eft un mauvais lot ;
De s'en défaire il eft bien rare.

Conturbat domum fuam, qui fetatur avaritiam.
PROV. C. 15, ỳ. 27.

F A B L E XVII.

LES DEUX CHIENS ET LE LION.

UN Roi d'Afie avoit deux Chiens jumeaux,
　　D'un grand & vigoureux corfage ,
　Tous deux encor plus grands par leur courage ;
　　En tout parfaitement égaux.
Un jour qu'il préparoit à fa Cour une fête ,
Voulant les y produire avec diftinction ,
　　Il les deftine à combattre un Lion.
* Le Cirque fe remplit. Quand l'affemblée eft prête,
On les amene en leffe ** ; on en lâche un d'abord.
Il court à l'ennemi, le harcelle , le preffe ,
L'un l'autre à belles dents fe déchire , fe bleffe ;
Le fang coule à ruiffeaux. Mais le Lion plus fort
　　Abbat le Chien & le terraffe :

---

* Cirque. Lieu où du tems des anciens Romains
on faifoit des jeux & des courfes.
** Leffe. Terme de Chaffe. Corde de crin longue
de trois braffes ou environ , dont on tient les Lévriers. Mener les Lévriers en leffe. Tenir les Lévriers en leffe.

Celui qu'on retenoit, le voyant aux abois,
S'agite, rompt sa chaîne, & donnant de la voix,
  Sur le Lion s'élance avec audace,
Le saisit à la gorge, & ne le quitte pas
    Qu'il ne l'ait conduit au trépas.

Freres, soyez unis, qu'une amitié sincere
    Forme le lien de vos cœurs;
    Si jamais ce bien ne s'altère,
De tous vos ennemis il vous rendra vainqueurs.

Frater, qui adjuvatur à fratre quasi civitas firma, & judicia quasi vectes urbium.
      Prov, chap. 18. V. 19.

FABLE XVIII.

L'Asne et le Cerf.

Qui de son état est content ?.
Pas un de nous ; & cependant
Il pourroit quelquefois devenir encor pire.
Le bonheur est un port où tout le monde aspire,
　Mais où l'on surgit * rarement.

Un Ane dans un pré, sans paniers, sans son maître,
　Avoit la liberté de paître
Aussi loin que pouvoit s'étendre son lien.
C'étoit assez ; mais lui comptoit cela pour rien,
　Et quoiqu'il eut dans sa puissance
　Plus que n'exigeoit le besoin,
　Il se croyoit dans l'indigence,
Et convoitoit ce qu'il voyoit au loin.

---

* Surgir est un terme de Marine, qui signifie
mouiller l'ancre, jetter l'ancre. Surgir se dit en figuré & en Poëlie. *Surgir au port,* c'est arriver au
port.

L'herbe lui paroiſſoit bien plus appétiſſante.
> Pourquoi donc ici me planter,

Se diſoit-il ? Quelle herbe ! On n'en ſçauroit
> goûter.

> Par-tout ailleurs comme elle eſt raviſſante !

> Un vieux Cerf qui paſſoit par-là

> Voyant l'Ane en cette poſture,

Brouter, la corde au cou, librement lui parla,
> Le plaignant de ſon aventure.

Quel triſte état, dit-il, de vivre ainſi gêné,
> Et dans un cercle ſi borné

> D'être contraint de prendre ſa pâture !

Les hommes ont-ils droit de tailler les morceaux
> Aux Domeſtiques Animaux ?

N'eſt-ce pas violer les droits de la Nature,

Qui donne abondamment à tous la nourriture ?
> Nous autres libres & contents,

Sans ſoins pour l'avenir, nous profitons du tems.

Au gré de nos deſirs, errans dans les campagnes,
> Quand nous avons ſoif nous buvons,

> Nous mangeons où nous nous trouvons,

Tantôt dans les forêts, tantôt dans les montagnes,
> Dans les prés ou dans les vallons.

Souvent le hazard ſeul nous mene où nous allons.

Que votre état me semble aimable,
Lui répond le Baudet ! Si j'étois détaché,
Bien fin qui me verroit de ma vie au marché.
Non, à la liberté nul bien n'est comparable.
Je brûle de me faire un fort si délectable.
Te voilà, dit le Cerf, pour rien bien empêché.
Quoi ! Ce maudit piquet qui si fort t'embarrasse,
  Ne peut-il pas être arraché ?
Voyons, & ton lien est-il bien attaché ?
Ils tirent tant enfin que la corde se casse.
L'Ane de braire alors, liberté, liberté,
Et le Cerf de courir, & l'autre de le suivre.
  Martin bâton tant redouté
  Ne menaçoit plus les oreilles
Du nouvel affranchi. Tout alloit à merveilles,
  Quand un accident malheureux
Des nouveaux alliés vint troubler l'allégresse.
  Un Loup parut. Par sa vîtesse
Le Cerf sçut se tirer d'un pas si dangereux.
Maître Baudet alors connoissant sa folie,
Regretta, mais envain, son cordeau, son pi-
   quet,
  Et du Cerf maudit le caquet
  Qui lui devoit couter la vie.

Il en fallut paſſer par-là.
Meſſer-Loup, ſans quartier, le prit & l'étrangla.

Crainte de ſouffrir peu de choſe,
A la mort bien fou qui s'expoſe.

FABLE XIX.

L'AIGLE ET LE ROITELET.

A la force du corps l'esprit est préférable.
On le verra dans cette Fable.

Les Oiseaux assemblés * vouloient s'élire un Roi.
De l'Aigle on exaltoit la force & le courage ;
Chacun lui donnoit son suffrage,
Aucun n'osoit parler pour soi.
Le Roitelet eut lui seul l'assurance
De requérir la suprême puissance,
Et de se proposer pour ce sublime emploi.
Misérable avorton, lui dit l'Aigle en colère,
Tu veux te mesurer à moi !
Hé ! d'où te vient cet orgueil téméraire ?
As-tu, pour nous donner la loi,

---

* Les Oiseaux de Proye ont de fortes serres & un bec crochu, dont ils se servent pour déchirer & dévorer les autres Oiseaux.

Ce

Ces ferres & ce bec aux nôtres comparables?

Me préferve le Ciel d'en avoir de femblables,

Répond le Roitelet! De nos cruels tyrans

    Ce font les armes déteftables.

    Le Trône exige des talens.

    Mais, pour vuider notre querelle,

    Il eft un facile moyen,

    Et puis que tu voles fi bien,

Décidons-la par le fecours de l'aîle.

Celui qui de nous deux le plus haut volera,

Sera l'heureux vainqueur que l'on couronnera.

L'Affemblée applaudit; l'Aigle feule s'irrite

D'avoir un concurrent d'un fi foible mérite.

Elle fe rend pourtant. Soudain, comme un éclair

    Elle fend les plaines de l'air;

D'un vol audacieux s'engageant dans la nue,

    Bientôt elle échappe à la vue.

De l'Aigle cependant appuyé fur le dos,

    Le Roitelet attendoit en repos,

    Jufqu'au moment qu'il la voit chancelante,

    Ne faifant plus que décliner;

Alors il prend fon vol, & commence à planer *

---

* Planer. Ce mot fe dit des Oifeaux qui volent
en l'air ne remuant prefque point les aîles.

                               C

D'une aîle agile & triomphante,
Remplissant l'air de sons mélodieux,
Il annonce aux Oiseaux qu'il est victorieux.
Il le fut. De l'avis de toute l'Assemblée
Sur l'Aigle * il emporta la Royauté d'emblée,
Et son triomphe fut complet.
On le nomma le Roitelet, * *

---

* L'Aigle est le plus grand, le plus fort, & le plus vîte des Oiseaux qui vivent de proie. Il a un bec long & crochu, les jambes jaunes, couvertes d'écailles, les ongles crochus & fort grands, la queue courte. Son plumage est châtin, brun, roux & blanc. Son bec est noir par le bout, & bleuâtre par le milieu, & en quelques autres jaune. Il a un duvet sous les grandes plumes, dont le tuyau a d'ordinaire neuf lignes de tour. L'Aigle fait son aire § sur les plus hauts rochers dans des pays d'Occident. Il nourrit ses petits jusqu'à ce qu'ils sachent voler, & alors il les chasse de son aire. Il se nourrit de la chair des Oiseaux & des Liévres qu'il prend. Il vit fort long-tems, & ne meurt ordinairement que parce qu'il ne sçauroit plus manger. Il a la vûe très-perçante, & regarde fixement le Soleil. L'Aigle hait le Roitelet, & en a peur.

§ On appelle Aire, le nid des Oiseaux de proye, de rapines, ou d'autres semblables Oiseaux.

* * Roitelet. Il s'appelle ainsi, comme si l'on disoit

Pour défigner fa petitefle.
Ainfi la force céde à l'efprit, à l'adreffe.

Melior eft fapientia quàm vires, & vir prudens
quàm fortis. *Sag. c. 6. v. 1.*

---

le petit Roi des Oifeaux. Il eft fort petit, vif, &
naturellement plein de feu. Il vit trois ou quatre
ans; il chante prefque toute l'année, mais princi-
palement au mois de Mai. Il niche dans les murs,
& fe nourrit la plûpart du tems d'araignées & de
mouches.

FABLE XX.

LE TAUREAU ET LE MATIN.

Etes-vous sage & tendre pere ?
Aimez-vous d'un amour sincere
Un fils qui vous est cher ? Avec attention
Soignez son éducation.
Si vous la confiez à des mains étrangeres ,
Connoissez les talens, les mœurs, les caracteres
Des maîtres employés à cette fonction ;
C'est de-là que dépend le reste de la vie.
L'enfance sans réflexion
Prend toujours une impression ,
Qui de biens & de maux est constamment suivie.

Un Taureau dans une prairie
Vivoit en paix , régnoit sans concurrent.
Un Mâtin * passe , entre en furie ,

* Mâtin. Gros Chien de cuisine & de basse-cour.
Les Bergers & les Bouchers ont des Mâtins pour garder & conduire leurs Troupeaux.

S'agite, écume, roule un œil étincelant,
Et brûle du defir de répandre le fang.
Le Monarque tranquille, & qui fouloit la terre
  D'un pas grave, majeftueux,
S'arrête, en lui criant d'une voix de tonnerre :
Evite le combat, crois moi, jeune orgueilleux,
Ou réponds, & dis-moi le fujet de ta rage.

  C'eft pour fignaler mon courage,
Répond le fier Mâtin, d'un ton de conquérant ;
Mon cœur eft échauffé par l'amour de la gloire ;
Sur les pas des Héros je cours à la victoire.

  Eft-il un motif plus preffant ?

Qui docet filium fuum laudabitur in illo, & in medio domefticorum in illo gloriabitur. *Ecclefiaftique*, *c.* 30. *v.* 2, *lifez jufqu'au v.* 14.

Doctrina fed vim promovet infitam,
Rectique cultus pectora roborant,
  Utcumque defecere mores
  Dedecorant benè nata culpæ.
    Horace , *liv.* 4. *Ode* 4.

Gratum eft quod patriæ civem populoque dedifti,
Si facis ut patriæ fit idoneus, utilis agris,
Utilis & bellorum, & pacis rebus agendis ;

Un Boucher , au cœur fanguinaire ,
Exerça ma jeuneffe aux combats journaliers ;
Vouloir vaincre , ou mourir , couronné de lauriers
Eft-ce un projet pour moi follement témeraire ?
Ta fureur ne m'étonne plus ,
Chien maudit , lui répond le Taureau pacifique ,
Contre ta rage frénétique
Mes confeils feroient fuperflus.
Viens , je vais te guérir de l'efprit de conquête.
Il dit , & fecouant la tête ,
Fait voler en l'air le Mâtin ,
Qui retombe , fe brife , & finit fon deftin.

Plurimùm enim intererit quibus artibus & quibus hunc tu
Moribus inftituas. *Juvenal. Sat.* 14.

Nil dictu fœdum , vifu quæ hæc limina tangat
Intra quæ puer eft.
Maxima debetur puero reverentia , fi quid
Turpe paras , nec tu pueri contempferis annos.
Juvenal. Ibidem.

Dî majorum umbris , tenuem & fine pondere terram
Spirantefque crocos , & in urnâ perpetuùm ver,
Qui præceptorem fancti voluere parentis
Efle loco *Juvenal. Sat.* 7.

FABLE XXI.

L'Epagneul et le Caméléon.

UN Epagneul * flatté fans ceffe,
Et careffé par fa maîtreffe,
Un beau matin fortit de la maifon,
Pour prendre l'air dans la prairie ;
Il y trouve un Caméléon **
Repofant fur l'herbe fleurie.

---

* Epagneul. Petit chien de chaffe & de chambre,
qui a du poil un peu longuet, tantôt blanc, varié
de noir, tantôt de roux & de tanné, & qui a la
queue épiée & touffue. Les Chaffeurs s'en fervent
pour la Caille & pour la Perdrix.

** Caméléon. Petit animal fait comme un Lézard, fi ce n'eft qu'il a la tête plus groffe & plus
large. Cet Animal habite dans les rochers. Il a quatre pieds, en chacun trois doigts. La queue longue,
avec laquelle il s'attache aux branches des arbres,
auffi-bien qu'avec les pieds. Il a le mouvement tar-
dif comme la tortue, mais fort grave. Il y en a en
Egypte, qui ont jufqu'à onze à douze pouces de lon-

C iv

Quoi ! lui dit l'Epagneul, toi parmi les bergers !
Toi du peuple flatteur le plus parfait emblême !
Tu perdras tes talens, tu te perdras toi-même,
   En demeurant en ces lieux étrangers.

---

gueur, y compris la queue. Ceux d'Arabie & du
Mexique ont six pouces seulement. Sa queue est
platte, son museau long. Il a le dos aigu, la peau
plissée & hérissée comme une scie depuis le cou jusqu'au dernier nœud de la queue, & une forme de crê-
te sur la tête. Il a la tête sans cou comme les pois-
sons. Il fait des œufs comme les Lézards. Son museau est fait en pointe obtuse. Il a deux petites ou-
vertures dans la tête, qui lui servent de narrines.
Ses deux mâchoires sont jointes par une ligne presque imperceptible. Ses yeux sont gros, & ont plus
de cinq lignes de diamétre, dont l'iris est isabelle,
bordée d'un cercle d'or. Il n'a point d'oreilles, &
ne voit & ne produit aucun son. Sa langue est longue de dix lignes, & large de trois, faite de chair
blanche, ronde & applatie par le bout, où elle est
creuse & ouverte, semblable en quelque façon à la
trompe d'un Eléphant. Il la darde promptement
sur les mouches, qui s'y trouvent prises, comme
sur la glu. Elle s'allonge & se retire comme un
bas de soye sur la jambe. L'expérience n'a point
confirmé ce que plusieurs Auteurs veulent faire
croire, que le Caméléon vit d'air. Sa couleur ordinaire, quand il est en repos & à l'ombre, est d'un

Retourne au plûtôt en la ville,
Ce n'est que là, mais sur-tout à la Cour,
Que de te rendre heureux il te sera facile :
La fortune inconstante y fixa son séjour.
Ami, lui répondit l'Animal variable,
Je connus autrefois cette demeure aimable.
Dans le sein de la Cour nourri,
Je m'emparai de l'oreille du Prince ;

---

gris bleuâtre, il y en a aussi de jaunes, & d'autres verds, qui sont plus petits. Quand il est exposé au Soleil, ce gris change en un gris-brun tirant sur le minime, & ses parties moins éclairées se changent en diverses couleurs, qui forment des taches de la grandeur de la moitié du doigt, dont il y en a quelques-unes de la couleur isabelle. Quelquefois quand on le manie, il paroît marqueté de taches brunes, qui tirent sur le vert. Si on l'enveloppe dans un linge, après y avoir été deux ou trois minutes, on l'en retire blanchâtre, mais cela ne lui arrive pas toujours. Il ne reprend point la couleur des autres choses, & sa couleur ne change seulement qu'en quelques parties de son corps.

On dit qu'un homme est un Caméléon, quand il change d'avis, de résolution, & de parti ; à cause qu'on a cru faussement jusqu'ici que le Caméléon changeoit de couleur à tout moment. Il est le Symbole des trompeurs & des fanfarons.

C v

Je le flattai, j'en fus chéri.
Sa faveur voulut que je tinsse
A la Cour un des premiers rangs.
Je pénétrai les cœurs des Courtisans :
De leurs passions dominantes
Par mes paroles séduisantes
Je secondai les funestes penchans ;
Mais le juste vengeur du crime,
Qui voit avec horreur ce que le monde estime,
M'a renversé de mes prospérités.
Il me condamne à ramper sur la terre,
A n'habiter qu'en un lieu solitaire,
Je vis d'air comme ceux qu'autrefois j'ai flattés.
Voilà ce qu'on gagne à mal faire.

La candeur, la sincérité
Font la sûreté de la vie,
Le mensonge & la flatterie
Sont les fléaux de la société ;
Et tôt ou tard le flatteur détesté,
Malgré le soutien qui l'appuye,
Est puni de sa lâcheté.
Il n'est de vrai bonheur qu'avec la vérité.

Melius est à Sapiente corripi, quam stultorum
adulatione decipi. *Ecclésiaste.* c. 7. v. 6.

FABLES NOUVELLES.

LIVRE VIII.

FABLE I.

LE PEINTRE ET LE PRINCE SON ÉLÉVE.

FORMER le Prince au grand art de régner,
Est à l'Etat une importante affaire,

Heureux talent, de fçavoir enfeigner,
Pour le bonheur public, cet art fi néceffaire !

Le Roi d'un Etat floriffant
Avoit un fils d'un efprit pénétrant,
D'une mémoire étendue & facile.
Parmi fes maîtres différens,
Gens de mérite & vrais fçavans,
Il lui choifit un Peintre habile,
Diftingué par fes fentimens,
Comme il l'étoit par fes talens.
Il poffédoit éminemment l'hiftoire ;
Il fçavoit peindre les Héros ;
Lui-même avoit eu part à leurs nobles travaux,
Et dans le champ de Mars s'étoit couvert de
gloire.
Au Prince, pour amufement,
Il apprenoit l'art de la guerre.
Tantôt il lui traçoit un camp,
Tantôt d'une bataille il arrangeoit le plan.
Faire un fiége c'étoit l'exercice ordinaire.
Sur-tout par le récit de faits de fes ayeux,
Il éveilloit en lui la vertu, le courage,
Et lui faifoit fentir que fon plus beau partage

Etoit de s'attirer , comme eux ,
Le cœur de ses Sujets , & de les rendre heureux.
Au sortir de ses mains le Prince fut un sage ,
Un Héros dont le nom fameux ,
Par de brillans exploits , a passé d'âge en âge ,
Et la postérité lui rend encor des vœux.

F A B L E II.

LES CIGOGNES ET LE MILAN.

Sur une maison élevée
Des Cigognes * firent leur nid,
Y déposerent leur couvée.
Mais au bâtiment le feu prit.
Leur premier soin fut de sauver leur pere ;
Ensuite allant prendre leur mere,
Pour la mettre à couvert, un Milan qui les vit,

Cigogne. Oiseau qui a le bec & les jambes longues & rouges. Son plumage seroit entiérement
blanc, si ce n'étoit qu'elle a l'extrémité des aîles
noires, & quelque peu des cuisses & de la tête.
Elle choisit les plus hauts arbres dans les lieux ma-
récageux pour y faire ses petits. On dit aussi qu'elle
fait son nid dans le haut des cheminées en Allema-
magne. Elle couve l'espace de trente jours, & ne
pond que quatre œufs. On dit que la Cigogne nourrit son pere & sa mere quand la vieillesse leur ôte le
moyen de chercher leur vie. La Cigogne est le Symbole de la reconnoissance & de la piété.

Leur fit ce reproche, & leur dit :
Que faites-vous, cervelles peu fenfées,
De préférer à vos enfans
Ces vieilles carcaffes ufées
Qui mourront dans quelques moments ?
Eft-ce pour vos petits avoir de la tendreffe,
Que de les voir ainfi périr ?
Hé laiffez à fon fort l'inutile vieilleffe !
Elle ne peut trop tôt finir.
Pour elle mon amour eft pris dans la nature,
Lui dit une Cigogne, & mon cœur m'en affure.
Je dois aux auteurs de mes jours,
Sur tout autre la préférence,
Et plus qu'à mes petits je leur dois mon fecours.
D'avoir d'autres enfans n'ai-je pas efpérance ?
Mais nos peres ne font-ils plus,
Tous nos regrets pour eux deviennent fuperflus.
Rien ne peut près de nous remplacer leur préfence.

Qui honorat patrem fuum, vitâ vivet longiore.
Eccléfiaftique. c. 3. v. 7.
In opere & fermone & omni patientiâ honora
patrem tuum, ut fuperveniat tibi benedictio ab
eo, & benedictio illius in noviffimo maneat. *Ibid.*
v. 9 & 10.

FABLE III.

L'HOMME ET LES ANIMAUX DOMESTIQUES.

Les Animaux, preſſés par la néceſſité,
Vinrent un jour offrir à l'homme leurs ſervices :
Ils s'étoient convaincus de cette vérité
  Que l'humaine ſociété
  Ne ſe ſoutient que par les bons offices
Que chacun rend au corps avec fidélité.
Faites-nous, dirent-ils, part de vos avantages,
  Nous partagerons vos travaux.
Je ſuis, dit le Cheval, propre à bien des uſages ;
  Pour vous aider dans vos voyages,
  Je vous porterai ſur mon dos.
  Je traînerai vos équipages ;
Vous pourrez me charger de différens fardeaux ;
Me mener avec vous à la chaſſe, à la guerre ;
Mes ſoins à vous ſervir ſeront toujours nouveaux.
  Moi je labourerai la terre,

Dit le Bœuf, mon travail fera naître ce grain
Dont vous compofez votre pain.
La Vache dit, mon lait eft la fource abondante
D'une nourriture excellente.
Et ma laine, dit la Brebis,
Vous fournira du drap pour faire vos habits.
Il n'eft pas jufqu'au chat qui ne fe crut utile.
Par mes foins votre domicile
Sera purgé, dit-il, de rats & de fouris.
Et toi, dit l'homme au chien, quelle eft ton in-
duftrie ?
J'écarterai les Loups de votre Bergerie,
Les voleurs de votre logis ;
Je ferai votre compagnie,
Mes careffes, mes jeux charmeront vos ennuis ;
Toujours pour vous en fentinelle,
Je ferai garde fûre & les jours & les nuits ;
Toujours tendre, conftant, fidéle,
Vous me verrez à vos ordres foumis,
Faire face à vos ennemis.
Et toi pour la chofe commune,
Dit l'homme à la Mouche importune,
A quoi pourrois-tu nous fervir ?
Moi, dit-elle, fervir ! je vis en Gentilhomme,

Je ne penfe qu'à mon plaifir,

Et je ne puis comprendre comme

Les humains au travail voudroient m'affujettir ;

Chez eux ma table eft toujours prête,

Vins exquis, fruits délicieux,

Et chaque jour eft pour moi jour de fête ;

En travaillant pourrois-je efperer mieûx ?

A ce difcours l'homme en colere

Lui dit, Infecte fainéant,

Apprens que qui ne veut rien faire

N'a pas droit aux fruits de la terre.

Parafite orgueilleux, rentre dans le néant.

Puis il fouffle, l'abbat, & l'écrafe à l'inftant.

Si quis non vult operari nec manducet. *Epit. aux Theffal. c. 3. v. 20.*

Vita fibi fufficientis operarii condulcabitur, & in eâ invenies thefaurum. *Eccléfiaftique, c. 40. v. 18.*

Qui operatur terram fuam fatiabitur panibus, qui autem fectatur otium, ftultiffimus eft. *Prov. c. 12. v. 11.*

In omni opere erit abundantia, ubi autem verba funt plurima, ibi frequenter egeftas. *Ibid. c. 14. v. 23.*

FABLE IV.

LE PRINCE ET LES VERS A SOYE.

UN Prince encore en son jeune âge,
Marchant dans un vallon planté de Mûriers *
   blancs,
Etoit inquiété par les fils que les vents
  Lui portoient sans cesse au visage ;
Et des Vers ** travailleurs, dans leurs coques ni-
   chés,
  Dont les chemins étoient jonchés,

---

* Mûrier. Arbre dont les feuilles servent à nour-
rir les Vers à Soye. Les Mûriers, qui portent des
Mûres blanches, sont préférables pour nourrir les
Vers à Soye.

** Ver à Soye. Insecte qui tient de la Chenille,
& qui file la Soye. Après différentes transmuta-
tions, il sort de son cocon en Papillon blanc. Dans
ce nouvel état les femelles jettent leurs œufs en
grand nombre, qui étant éclos au printems suivant, donnent une grande quantité de nouveaux
Vers à Soye.

L'embarraſſoient ſur ſon paſſage.
Toujours à part ſoi méditant,
Il les écraſoit en grondant,
Et rêvoit ſur cette aventure :
Lorſque perçant ſa couverture ,
Un de ces Vers induſtrieux
Sort de ſa coque , & dit : Cet habit précieux ,
Dont vous faites votre parure ,
Prince , c'eſt nous qui vous l'avons filé.
Sans nous , vous ſeriez habillé
Comme un de vos ſujets , de coton & de laine ,
Et vous payez ainſi nos ſoins & notre peine ?
La molleſſe du Taffetas ,
Les bouquets ondoyans du Satin , du Damas ,
Du Velours le moëlleux ouvrage ,
Sont les fruits des talens que Nature en partage
Nous donne , ou du moins ſeuls nous avons l'avan-
tage
D'en compoſer le fil. Le Prince , à ce diſcours ,
Fâché d'avoir fait ce dommage ,
Lui dit , je veux pourvoir au bonheur de vos jours.
Pour vous je vais faire conſtruire
Un vaſte bâtiment , proche de mon Palais ,
Où vous ſerez ſervis , & filerez en paix.

Et moi-même j'irai m'inftruire,
Des phénomenes curieux,
Que votre art mettra fous mes yeux ;
J'ordonne qu'on vous faffe une Manufacture.
Alors un Papillon terminant l'entretien,
Lui dit : Vous ne pouvez nous faire tant de bien
Que nous en recevons des mains de la Nature.
Après avoir été des Infectes rampans,
Elle nous reproduit en Papillons brillans.
Elle termine enfin notre carriere heure ufe
En nous faifant auteurs d'une race nombreufe.

Princes, honorez les talens,
C'eft par la noble ardeur & les mains des Sçavans
Que vos noms font gravés au Temple de Mémoire ;

Quem referent Mufæ, vivet dum robora tellus,
   Dum cœlum ftellas, dum vehet amnis aquas.
Tibul. lib. 1.

Dignum laude virum Mufa vetat mori.
Cœlo Mufa beat.
Horace. lib. 4. *Ode* 8.

Vixere fortes antè Agamemnona.
Multi , fed omnes illacrymabiles
   Urgentur ignotique longâ
    Nocte, carent quia vate facro.
Horace. liv. 4. *Ode* 9.

Que les hauts faits des Rois, des Héros & des Grands

Vivent à jamais dans l'hiftoire.

Non magis expreffi vultus per ahenea figna,
Quam per vatis opus, mores animique virorum
Clarorum apparent.

Horace. liv. 2. Epift. 1.

Carmine fit vivax virtus, expersque fepulchri,
Notitiam feræ pofteritatis habet.

Ovid. lib. 4. de Trift.

Scindentur veftes, gemmæ frangentur, & aurum;
Carmina, quam tribuent, fama perennis erit.

Ovid. lib. 2. Eleg.

FABLE V.

L'AUTRUCHE ET L'OISEAU DE PARADIS.

UNE Autruche * aux yeux perçans
Avoit obſervé long-tems ,

---

* Autruche. Le plus grand , & le plus gros de tous les Oiſeaux , qui a les aîles courtes. Fort eſtimé pour ſes plumes , qui ſervent d'ornement aux chapeaux , aux lits , aux dais , &c. L'Autruche a quelque choſe de l'Oye , mais elle a les jambes plus longues, & le cou de quatre ou cinq palmes de longueur : elle ſe ſert de ſes aîles , non pour voler , mais pour aider à ſa courſe , lorſque le vent lui eſt favorable ; car alors elle s'en ſert comme un vaiſſeau fait de ſes voiles. Les Autruches ſe chaſſent en Afrique. Elles ſont ſi communes au Pérou , qu'elles vont par troupes , comme le bétail. On dit encore qu'elles prennent des pierres entre leurs ongles , & qu'elles les jettent avec autant de violence , que l'homme le plus fort , contre ceux qui les ſuivent.

Un Oiseau * qui voloit, sans jamais prendre terre,
Surprise, & ne sachant comment il pouvoit faire,
Elle lui crie : Ami, daigne venir à moi,
Je veux quelques momens converser avec toi.
Moi, descendre là-bas ! ce n'est pas mon allure,
Lui répondit-il, je suis l'Oiseau de Paradis ;
  Privé des pieds par la Nature,
Les terrestres climats me furent interdits.
  La rosée est ma nourriture,

---

 * L'Oiseau de Paradis, en latin *Manucediata*. Dans les Isles Moluques, on appelle ces Oiseaux, *Oiseaux de Dieu*, ou *Oiseaux de Paradis*, tant pour la figure extraordinaire de leurs corps, que parce qu'on ne sait pas le pays de leur naissance, ni d'où ils viennent, ni même le lieu où ils se retirent, puisqu'on ne les trouve que lorsqu'ils sont morts. Ils n'ont point de pieds, mais ils ont de certains nerfs ou filamens à la queue, desquels l'on conjecture qu'ils se servent pour se tenir aux arbres. Pour ce qui regarde le lieu qu'ils habitent, cela est tout-à-fait incertain. Il est néanmoins fort probable qu'ils font leur demeure dans l'air. Aldrovand en rapporte de cinq espéces, lesquels n'ont pas le corps plus gros qu'une Hirondelle ; & qui sont tous différens les uns des autres, mais dont le plumage a de très-belles couleurs.

           Au

L'air, mon feul élément, & je paffe mes jours,
Des Aftres lumineux à contempler le cours,
  Au ciel font toutes mes penfées.
Mais, ainfi que ton corps, les tiennes rabaiffées
Vers les céleftes lieux ne peuvent s'élever,
A la terre attaché refte, animal ftupide ;
  Adieu, de mon bonheur folide
C'eft par de vains difcours trop long-tems me
   priver.

Des deux quarts des humains cette fable eft l'image.
Beaucoup ayant choifi la terre pour partage,
Concentrent ici bas leurs foins laborieux,
  Bien peu travaillent pour les cieux.

FABLE VI.

LES POISSONS ET LES OISEAUX.

LES Poiſſons avec les Oiſeaux
Firent autrefois alliance,
Pour s'aider de leurs biens, ſe prêter dans leurs
maux
Une mutuelle aſſiſtance.
Dès que le traité fut conclu,
En commun il fut réſolu
D'établir la correſpondance.
Les beſoins l'avoient exigé.
On ſe trouva donc obligé
Dans l'une & l'autre République,
L'Aérienne & l'Aquatique,
A s'envoyer des députés,
Pour demander les ſecours concertés
Par une ſage politique.
Mais les Poiſſons dans l'air ne purent s'élever;
Aux députés de l'agent volatile
Il ne fut pas moins difficile

Au fond des eaux de les aller trouver.
L'alliance fut inutile.

Dans maints états il en arrive autant.
Des loix, des maux la différence,
Et des pays la trop grande diſtance
Fait que de leurs traités ils ne tirent ſouvent
Aucun avantage conſtant.

F A B L E VII.

LE PERE, SON FILS, ET LES ORANGES.

UN pere avoit un fils bien né,
Qui, dans sa premiere innocence,
Le cœur à la vertu tourné,
Donnoit une heureuse espérance;
Mais il avoit pour compagnons
Des libertins & des fripons.
Ce pere lui disoit : fuyez leur compagnie,
Mon fils ils vous entraîneront,
Et tôt ou tard ils souilleront
La pureté de votre vie.
Non, mon exemple & mes discours,
De leurs mauvais penchans arrêteront le cours,
Lui répondoit le fils, refusant de se rendre
Aux avis de ce pere aussi sage que tendre,
Qui, voyant que c'étoit trop de simplicité,
Voulut par adresse s'y prendre
Plutôt que par autorité.

Il lui fit donc préfent des plus belles Oranges.

Notre jeune homme en étant enchanté,

Sur leur beauté fe répand en louanges ;

Mais les regardant de plus près,

Il en apperçoit de tachées,

Dans le fond du panier cachées.

Le pere l'avoit fait exprès.

Le jeune homme auffi-tôt s'écrie :

Jettons-les, que font-elles-là ?

Tout le refte fe pourrira.

Un feul Mouton galeux gâte une Bergerie.

Il n'en eft pas de même ici ,

Dit le pere , & le bon rendra fain le pourri.

Le tout gît en expérience.

Ayez un peu de patience ;

Enfermons-les , & l'on verra

Comment la chance tournera.

Huit jours fans plus , tel eft le terme

Que je demande. Alors on les renferme ,

On les retire enfuite promptement

Au tems précis. Quel fut du fils l'étonnement ,

Quand il voit ce beau fruit réduit en pourriture !

Il gémit, il pleure , il murmure.

Ah, dit-il, j'avois bien raifon

De dire, le mauvais infectera le bon.

Je l'ai dit avant vous, lui répondit le pere,

    Quand avec certain compagnon

    J'ai blâmé votre liaison ;

    Mais vous souteniez le contraire.

Soyez convaincu maintenant

Qu'au mal nous avons tous un penchant qui nous

    lie.

    Aux méchans quand on s'associe,

    A coup sûr on devient méchant.

Qui cum sapientibus graditur sapiens erit ; amicus stultorum similis efficietur. *Prov. c.* 13. *v.* 20.

Nolite seduci : corrumpunt mores bonos colloquia mala. 2. *Epist. ad Corinth. c.* 15. *v.* 33.

        Dedit hæc contagio labem,

Et dabit in plures ; sicut Grex totus in agris

Unius scabie cadit & porrigine porci,

Uvaque conspectâ livorem ducit ab uvâ.

        Juvenal. Sat. 2.

FABLE VIII.

LE MULET.

Un Mulet bien nourri se disoit à lui-même,
J'ai pour pere un Cheval qui ronge un frein doré ;
Je suis fait pour courir d'une vîtesse extrême ,
J'ai le corps vigoureux , le jarret assuré.
Mais s'étant vû forcé de courir dans la plaine ,
  Il en sentit toute la peine ,
  Et bientôt de fatigue outré ,
Il vit que sa noblesse étoit imaginaire ,
Et reconnut enfin que l'Ane étoit son pere.

L'opulence séduit, & l'on s'y méconnoît ;
L'adversité vient-elle , on sent ce que l'on est.

---

* Mulet. Bête de somme, engendré d'un Ane
& d'une Jument, ou d'un Cheval & d'une Anesse.
Les Mulets n'engendrent point, parce qu'ils viennent de différentes espéces , comme les Monstres.

D iv

FABLE IX.

LE LOUP ET LE LION.

CRAIGNONS de nous régler sur les forces d'au-
trui,
  Et mefurons plutôt les nôtres.
Ce qui convient aux uns ne convient pas aux autres.
  Suis-je moins habile que lui ?
  Ai-je moins d'efprit, de courage ?
S'il faut nous comparer, je crois que du partage,
  Qu'entre nous la Nature a fait,
  J'ai tout lieu d'être fatisfait.
  Ainfi l'amour propre nous flatte :
  Cette paffion délicate
  Sans ceffe empoifonne nos cœurs.
  C'eft la fource de nos erreurs.
  Par-tout elle perce, elle éclate.
  Je l'ai déjà fait voir ailleurs ;
  Mais la matiere eft affez ample
  Pour en fournir plus d'un exemple.
Un Hôte des forêts, grand croqueur de Moutons,

Qui de Baudets faifoit fouvent curée,
Un Loup depuis huit jours, (c'étoit longue durée)
N'avoit point contenté fes appétits gloutons;
    Pas une Brebis égarée
    N'ayant paru dans ces cantons.
    Epuifé d'un fi long carême,
    La faim le fit fortir du bois.
Au loin il voit un champ, lieu propre à fes exploits,
Où paiffoient des Moutons dans un repos extrême.
    Alors il fe dit à lui-même :
    Ah , que n'en tiens-je deux ou trois !
Il les mangeoit des yeux , ne pouvant autre chofe.
    Manger des yeux eft un repas,
    Dont Loup à jeun ne s'accommode pas.
Il en voudroit tâter , mais il faut qu'il s'expofe ,
    Et c'eft juftement ce qu'il n'ofe.
On y penfe à deux fois pour expofer fa peau.
Du Berger & du Chien la garde vigilante
    Affuroit la troupe bêlante.
    Rien ne s'écartoit du troupeau.
    Dans cette trifte conjonĉture
Pour le Loup , un Lion d'une énorme ftature ,
    Non moins affamé que le Loup ,
    Mais plus à craindre de beaucoup ,
           D v

Vient dans le même champ pour y faire capture.

    A fon abord le Berger effrayé

Abandonne à fon chien la garde & la conduite.

De la gent moutonniere , & le chien prend la fuite.

    Moi , dit-il , fuis-je donc payé

Pour expofer fans fruit mon honneur & ma vie ?

Pour qui ? pour des Brebis qui ne laifferoient pas ,

    Malgré moi , de paffer le pas.

Non , non , Seigneur Lion , paffez-en votre envie,

Sans craindre que * Pataud vous trouble en vos

    ébats.

L'ennemi cependant fans pitié faifoit rage ,

Choififfant à fon gré les Moutons les plus gras.

    L'embonpoint étoit un préfage

    Prefqu'infaillible du trépas.

Après qu'il en eut fait un horrible carnage ,

Sire Loup à fon tour voulut fe mettre en train ;

L'exemple du Lion animoit fon courage ,

    Mais il n'avoit même force en partage ,

    Pour réfifter au Berger , au Mâtin ,

    Qui revenus de l'épouvante ,

Que leur avoit caufé cette fcene fanglante ,

---

* Nom du Chien.

Se porterent avec fureur
Contre le nouvel agreſſeur.
Des griffes & des dents il eut beau ſe défendre,
Il fut bientôt mis aux abois,
Et ne put regagner le bois :
Ainſi fut pris qui vouloit prendre.

Qui ſua metitur pondera ferre poteſt.
Martial.

Sumite materiam veſtris, qui ſcribitis, æquam
Viribus, & verſate diù quid ferre recuſent,
Quid valeant humeri.
Horace. Art. Poetiq.

FABLE X.

LES SINGES ET LES CASTORS.

D'AFRIQUE en Canada des Singes tranſportés,
Un jour s'étant enfuis de chez leurs nouveaux maî-
tres,
Allerent dans des lieux champêtres
Par les ſeuls Caſtors * habités.
Ils virent les ſujets de cette République,
Tantôt terreſtre, & tantôt aquatique,

---

* Caſtor, Animal amphibie qui vit tantôt ſur la
terre, & tantôt dans l'eau, & qui ne s'apprivoiſe
jamais. Sa nourriture eſt de feuilles & d'écorces
d'arbres. Cet animal reſſemble à la Loutre, mais il eſt
plus gros. Il a quatre dents inciſives, comme les Rats
& les autres Animaux qui aiment à ronger. Il s'en
ſert pour couper les arbres, dont il conſtruit ſa maiſon. Il a 16 dents mollaires. Les doigts de ſes pattes
de derriere ſont joints par une membrane, comme
ceux d'une Oye. Ceux de devant ſont ſans membrane, ſemblables à ceux des Rats de montagne. La

Occupés sur les lacs à bâtir des maisons,

Pour se mettre à couvert & des rudes saisons,

Et des traits meurtriers du chasseur famélique.

Les Singes de tout tems furent imitateurs,

    Quoiqu'assez mauvais travailleurs.

N'importe : en ce pays voulant être à la mode,

Et de plus se donner un logement commode,

    Ils députerent deux des leurs

    A la nation amphibie,

    La priant de les agréer,

---

queue de cet animal tient plus de la nature du poisson, que celles des animaux terrestres, aussi-bien que ses piés qui en ont le goût. Elle a onze à douze pouces de long, est couverte d'écailles de l'épaisseur d'un parchemin. Elle est de figure ovale, large en sa racine de quatre pouces & de cinq au milieu. Cet animal s'en sert avec ses pieds de derriere pour nâger. Elle lui sert aussi de battoir pour battre le mortier dont il a besoin, quand il bâtit une maison qui a quelquefois deux ou trois étages. Il se trouve une plus grande abondance de Castors en Canada qu'en aucun lieu du monde. Les plus gros Castors ont trois ou quatre pieds de long sur douze à treize pouces de large.

Voyez les Mémoires de l'Académie Royale des Sciences de 1704, pag. 48 & suiv.

Et vantant à l'excès des Singes l'induſtrie.

Alors un vieux Caſtor, craignant la duperie,

Se mit à les interroger.

Avant que de vous engager,

Dit-il, dans notre compagnie,

Voyons, répondez-moi, vos talens quels ſont-ils?

Etes-vous pourvus des outils

Propres à la charpente, à la maçonnerie?

Avez-vous comme nous la truelle & la ſcie?

Non. A d'autres travaux allez vous employer;

Avec nous triſtement vous paſſeriez la vie.

Que chacun faſſe ſon métier.

FABLE XI.

L'ASNE, LE CORBEAU ET LE LOUP.

Sur le garrot un Ane étoit blessé,
Et dans les prés erroit à l'aventure.
Un Corbeau pressé par la faim
Le vit, & sur son dos s'en vint faire pâture ;
A coups de bec il le déchiquetoit,
En tiroit des lambeaux, étendoit la blessure.
L'Animal en cette torture
Poussoit des cris, & s'agitoit,
Grinçoit des dents, pestoit, ruoit,
Fronçoit le nez, faisoit laide figure.
Un Paysan qui le voyoit,
Y prenoit son plaisir, & de rire éclatoit.
Dans cette triste conjoncture
Pour le pauvre Baudet, au bord d'un bois un Loup
Se tenoit attentif à tout.
Quelle est, se disoit-il, des hommes l'injustice ?
On me pourchasseroit, il ne seroit supplice

Capable de punir mon prétendu forfait,
S'ils me voyoient ainsi disséquer ce Baudet,
    Pendant qu'on le voit avec joie
    A ce Corbeau servir de proie.
Le Loup avoit-il tort? Chacun condamne, absout
Suivant ses préjugés, son caprice, ou son goût.

Dat veniam Corvis, vexat censura Columbas.
                    Juvenal.

FABLE XII.

LE PEINTRE QUI CONTENTE ET QUI MÉCONTENTE TOUT LE MONDE.

UN Peintre rendoit ses modèles
Dans la plus grande vérité ;
Ses portraits étoient si fidéles,
Qu'on n'y voyoit rien de flatté.
Cette étrange façon de *faire*
Dégoûta même ses amis,
Et ses portraits, au lieu de plaire,
Par-tout au rebut étoient mis.
Employons une autre méthode,
Dit-il, mettons-nous à la mode ;
Flatter, c'est le goût de ce tems,
S'y conformer, c'est être sage.
Je vais rendre par cet usage
Les grands & les petits contens.
Sur ce plan il commence à peindre,
Il déguise tous les défauts,

Il met en œuvre l'art de feindre,

Et ses portraits sont trouvés beaux.

Il fait un Géant * d'un Pigmée ** ,

Et d'un Therfite *** un Adonis **** ,

Par-là s'étend sa renommée ,

Ses tableaux acquierent du prix.

C'est ainfi que la flatterie

---

* Géant. Homme d'une taille exceffive & déme-
furée.

** Pigmée. Homme d'une petite taille , qui n'a
qu'une coudée de haut. On l'appelle ainfi du nom
d'un peuple fabuleux , qu'on difoit être en Thrace,
& qu'on a dit avoir fait la guerre contre les Grues.

*** Therfite. Nom propre d'homme dans Homere. Il étoit mal fait , lâche , & fe donnoit la liberté de critiquer les plus braves gens au fiége de
Troyes. On dit en notre langue , par une efpéce de
proverbe , d'un homme mal-fait , & d'un mauvais
caractere , c'eft un mauvais Therfite.

**** Adonis. C'eft le nom propre d'un jeune
homme d'une rare beauté. Il étoit fils de Cinyras ,
Roi de Chypre, & de Mirtha. Il fut tué par un Sanglier. On dit auffi d'un beau jeune homme , c'eft
un Adonis.

Empoifonne & corrompt les cœurs :
L'hyperbole la plus hardie
Se gagne des approbateurs.
Telles font aujourd'hui nos mœurs.

F A B L E XIII.

LE BUVEUR INCORRIGIBLE.

Certain Poëte * affez connu,
Grand vuideur de flacons, un foir qu'il avois bû
    Plus de vin que d'eau d'Hypocrène **,
Regagnoit dans la nuit fon manoir à grand'peine.
    A la porte étant parvenu,
Comme il mettoit la clef dans la ferrure,
Il tombe fur le nez, fe fait une bleffure,
    Qui demanda que dès le lendemain

---

    * Ce Poëte eft Helius-Eobanus Heffus, au rapport de M. de la Monnoye.

    ** Hypocrêne. Nom d'une Fontaine du Mont-Hélicon en Béotie. On dit qu'elle fut découverte par Cadmus, qui apporta l'Alphabet de Phénicie en ce Pays; ce qui donna occafion aux Poëtes de dire que c'étoit la fontaine des Mufes, & qu'un coup de pied du Cheval Pégafe la fit fortir. *Ovid liv.* 5, *des Métamorphofes.*

Un Suppôt de S. Côme * opérât de la main.

Notre Buveur guérit, mais non pas de fon vice ;

En dépit d'une cicatrice,

Qui lui reftoit au nez, il alla même train,

Tant à boire il étoit enclin.

Un oncle, qui l'aimoit d'un amour véritable,

Lui donna fur ce point maint avis charitable

Dont il n'eut pas le cœur touché.

Le vieillard en étant fâché,

Lui préfente un miroir, & lui dit : Miférable,

Vois l'état où le vin t'a mis.

Contre toi ce témoin dépofe.

J'en conviens, mais s'il faut aimer nos ennemis,

Lui répond-il, de nos amis

Il faut bien fouffrir quelque chofe.

Ce mot étoit dit plaifamment ;

Mais de tourner en badinage

Les avis qu'on reçoit d'un fage,

---

* Un Suppôt de S. Côme eft un Chirurgien.
Ceux qui exercent cet Art, ont pris pour leurs Pa-
trons S. Côme & S. Damien.

C'eſt montrer peu de jugement ,
Et reſter dans l'égarement.

Auris quæ audit increpationes vitæ , in medio ſa-
pientium commorabitur. Qui abjicit diſciplinam
odit animam ſuam ; qui autem acquieſcit increpa-
tionibus poſſeſſor eſt cordis. *Prov. c.* 15 , *v.* 31
& 32.

FABLE XIV.

LES TALENS DÉPLACÉS.

CHACUN chez les humains a , dit-on , fa folie ;
　　　Mais de fe régler par le fort
　　　Dans la conduite de la vie,
　　　Eft , en fait de bifarrerie ,
　　　Ce qui me femble de plus fort.
De l'affurer on va voir fi j'ai tott.

Un Grand Seigneur avoit un nombreux domefti-
　　　que.
　　　Laiffer tout au fort, rien au choix
Des mœurs & des talens, pour donner les em-
　　　plois ,
　　　Etoit conftamment fa pratique.
　　　Voici donc comme tous les ans
　　　Sa maifon étoit gouvernée.
　　　Le dernier jour de chaque année
On apportoit une Urne & des billets dedans.
On tiroit , & le fort régloit la deftinée.

Tel avoit été Palfrenier, *

Qui tout d'un coup devenoit Cuisinier;

Le Garde-Bois devenoit Secrétaire,

Et le Chasseur homme d'Affaire.

Laquais, Valet de chambre, ** Ecuyer, *** Intendant,

Maître d'Hôtel ****, chacun prenoit un nouveau rang.

Le Cocher passoit à l'Office *****.

L'an révolu voyoit un autre changement.

Jugez par cet arrangement

Quel devoit être le service.

Tout alloit en dépérissant.

Se peut-il que rien réussisse,

Quand on met à part le talent?

---

* Palfrenier, est celui qui panse les Chevaux de
carrosse.

** Ecuyer. Celui qui a l'œil sur les Chevaux d'un
grand Seigneur, qui a soin qu'ils soient bien pan-
sés, qui a la conduite de l'écurie d'un Grand.

*** Intendant. Celui qui a soin des affaires d'une
grande maison, ou de quelque Grand Seigneur.

**** Maître d'Hôtel. Celui qui a soin de servir
les plats sur les tables.

***** Office. Chambre où dans les maisons de
qualité & autres maisons qui sont riches, on met
la vaisselle d'argent.

FABLE XV.

FABLE XV.

LA COUR DE LA MORT.

LA Mort *, cette Reine cruelle,
Dans une nuit solemnelle d'Etats,
Fit assembler ses Potentats,
Pour se choisir entre eux un Ministre fidéle.
Elle fit de son Trône entendre cette voix,
Qui glace de frayeur les Bergers & les Rois ;
Qu'ici tous mes Sujets, dit-elle,
M'exposent tour à tour leurs titres & leurs droits;
Je vais nommer pour mon premier Ministre.
Le plus cruel de tous , & dont la main sinistre
Etendra mon pouvoir par de plus grands exploïts.
A ces mots la Fiévre , la Goutte ,
La Gravelle , la Peste & tous les autres maux

---

* La Mort, selon la Théologie des Payens,
étoit fille du Sommeil & de la Nuit, & la plus
implacable de toutes les Déesses. Les Poëtes la représentent n'ayant que les os, avec une robe noire
parsemée d'étoiles.

E

Que l'efpéce humaine redoute,

Et qui rempliffent les tombeaux,

Pour la Mort, à l'envi vanterent leurs fervices,

Chacun racontant les fupplices

Qu'ils exercent fur les humains.

Je reconnois pour moi vos gracieux offices,

Leur dit la Mort, ils font certains.

Mais l'homme vous détefte, il craint les maladies,

Comme d'affreufes ennemies,

Et pour s'en délivrer, il court aux Médecins.

A l'égard de l'intempérance,

Il eft fans nulle défiance;

C'eft fon amie, & pour porter fes coups

Plus fûrement à l'homme, elle fe fert de vous.

Je lui dois donc la préférence;

Et puifqu'à me fervir elle vous paffe tous,

Je la nomme, pour récompenfe,

Le Miniftre de ma puiffance.

De l'honneur de fon rang ne foyez point jaloux.

Multos exterminat vinum. *Eccléfiaftique*, c. 31.
v. 30.

Propter crapulam multi obierunt; qui autem
abftinens eft, adjiciet vitam. *Ibid.* c. 38, v. 34.

Sanitas eft animæ & corpori fobrius potus. *Ibid.*
v. 37.

FABLE XVI.

LE VIEUX GENTILHOMME ET SES ARBRES.

Aprés un long service, étant sur ses vieux
ans,
Un Gentilhomme avoit quitté la guerre,
Et retiré dans sa maison des champs,
Il y vivoit en solitaire,
Cultivoit ses jardins, dressoit des espaliers,
Entoit des Pêchers, des Pommiers,
Et des arbres de toute espéce,
Qui lui donnoient d'excellens fruits.
Par ces travaux il charmoit les ennuis,
Ce froid poison de la vieillesse.
Lorsqu'au tems où naissent les fleurs,
Ses arbres étaloient les plus vives couleurs,
Et de leur émail la richesse ;
Avec quelques amis étant dans son jardin,
Il leur faisoit un jour admirer la parure,

E ij

Dont l'avoit orné la Nature.

Touchez , touchez ces fleurs , c'est le plus doux
satin.

Voyez de ces Pêchers quelle pourpre brillante ?

Jamais un Empereur Romain

En eut-il de plus éclatante ?

Si quelque arbre dans sa saison

Manquoit de rapporter , j'aime qu'il se repose ,

Disoit-il ; si le fruit ne se trouvoit pas bon ,

Je pourrois bien en être cause.

J'avois laissé trop de fruit , trop de bois ,

Je ferai mieux une autre fois.

Les Arbres l'entendant , se disoient l'un à l'autre :

Que nous sommes heureux , & quel maître est le
nôtre !

Il surfait nos beautés , les vante à tout propos ;

Sur lui seul il prend nos défauts.

Chacun alors plein de reconnoissance ,

S'excitoit à donner des fruits en abondance.

Ces Arbres sont les jeunes gens ,

Ces fleurs , ces fruits sont leurs talens ;

Veut-on dès leur naissante aurore

Avec succès les faire éclore ?

Eſt-il un plus vif aiguillon
Que la louange à l'émulation !

Excitat auditor ſtudium , laudataque virtus,
Creſcit & immenſum gloria calcar habet.
Ovid. lib. 4. de Ponto.

Denique non parvas animæ dat gloria vires,
Et fœcunda facit pectora laudis amor.

FABLE XVII.

LE VOLEUR ET SA MERE.

ON avoit furpris un Voleur,
En grand cortége on l'alloit pendre.
Sur le chemin, fa mere, d'un air tendre,
Vint lui témoigner fa douleur.
Toute éplorée, elle l'embrasse,
Lui la mord à la joue. Alors la populace
S'écrie : Ah le traître, ah l'ingrat !
Enfant dénaturé, cœur pervers, fcélérat !
Que par la roue on te punisse,
La corde eft un trop doux fupplice.
Vous vous trompez, dit-il, dans votre jugement.
Ecoutez un mot feulement :
Lorfque je fis dans ma jeuneffe
Certains petits tours de foupleffe,
Ne diftinguant encor ni le bien, ni le mal,
Ma mere loua mon adreffe ;
Au-lieu de réprimer ce penchant fi fatal.
J'ai fait depuis du larcin mon étude.

Après m'avoir laiſſé prendre cette habitude
Qui fait mon crime capital ,
A-t-elle droit à l'amour filial ?

J'en appelle à l'expérience.
On ne voit que trop de parens,
Qui par leur lâche complaiſance,
Ou leur coupable négligence,
Font le malheur de leurs enfans.

Doce filium tuum , & operare in illo , ne in tur-
pitudinem illius offendas. Curva cervicem ejus in
juventute , & tunde latera ejus , dùm infans eſt , ne
fortè induret , & non credat tibi , & erit tibi dolor
animæ. *Eccléſiaſtique , c. 30 , v. 12 & 13.*

FABLE XVIII.

LA VÉRITÉ ET LA VIEILLE.

Par les humains exilée & bannie,
La Vérité fuyoit de sa Patrie ;
Tant le Mensonge avoit contre elle conspiré.
    Errante, triste, vagabonde,
    Elle alloit parcourant le monde,
    Sans trouver d'asyle assuré.
    Enfin haïe & méprisée,
    D'une longue course épuisée,
Elle arrive en hyver, au milieu de la nuit,
    A la chaumiere d'une Vieille,
Frappe à la porte, & celle-ci s'éveille,
    En criant : qui fait tout ce bruit ?
Je suis, hélas ! lui répond l'étrangere,
Je suis la Vérité, qu'on chasse, qu'on poursuit,
    Quoique jamais on ne m'ait vû mal faire.
La Vieille ouvre à ces mots, & l'admet dans son
        lit,
Sur son sort attendrie, ensuite elle lui dit :

Comment étant si belle, avez-vous pû déplaire ?

C'est que je suis & naïve & sincère,

Reprend la Vérité, le mensonge prévaut ;

Il infecte toute la terre ;

Et comme je ne puis supporter ce défaut,

L'homme en tous lieux me fait la guerre,

Voilà la source de mes maux.

On s'endormit sur ces tristes propos.

Le lendemain dès que l'aurore

De ses rayons dorés éclaira les objets,

La Vieille vit briller encore

La Vérité par de nouveaux attraits.

Elle les admiroit & les louoit sans cesse,

Lorsque la Vérité regardant son hôtesse,

Et voyant sa laideur, son œil en fut surpris.

Ma bonne, lui dit-elle, écoutez mes avis.

Ayez soin d'effacer vos rides,

Adoucissez vos yeux, rendez-les plus touchans.

Ainsi que ceux des Euménides *,

---

* Euménides. Nom que les Grecs ont donné aux Furies, Déesses des Enfers. On les représentoit coëffées de serpens, ayant dans les mains un fouet & une torche pour punir les coupables. On avoit feint trois Furies, Alecto, Megere, & Tysiphone.

E v

Ils font durs, ils font effrayans.
Ce difcours met la Vieille en fi grande colere,
Qu'elle chaffe à l'inftant la trop libre étrangere,
Lui difant : Maintenant je voi
Ce qui fait qu'on a tant de haine pour toi.
Tu ne fonges qu'à fatisfaire
Ta malice aux dépens d'autrui.
Va-t'en, fuis loin de moi, cherche ailleurs un appui.
Tant que la vérité fe montre à nous brillante,
Nous l'aimons, elle plaît, fa beauté nous enchante ;
Vient-elle à cenfurer nos mœurs & nos défauts,
On la hait, on la fuit, on lui tourne le dos.

---

* Obfequium amicos, veritas odium parit.
Térence.

Amant lucentem, oderunt redarguentem.
S. Auguftin.

FABLE XIX.

LE SOLDAT FOUILLANT AVEC SON ÉPÉE DANS UN BRASIER.

J'AI lû dans un * Auteur l'emblême d'un Guerrier,

Dont la main s'étant occupée

A fouiller avec son épée

Au milieu d'un ardent brasier,

Il en partit une étincelle,

Qui lui sautant à l'œil, lui creva la prunelle.

Que cherchoit-il dans ce foyer ?

Ce Symbole nous fait connoître,

---

* Les devises héroïques de M. Claude Paradin,
Chanoine de Beaujeu, du Seigneur Gabriel Siméon
& autres. A Anvers, chez Christophle Plantin,
1567, *in* 12. pp. 317. Celle-ci est à la page 289.
L'ame de cette Devise sont ces paroles tirées de la
vie de Pithagore : *Ignis gladio non fodiendus.*

E vj

Que gens pétulans, querelleux,
Quelques hardis qu'ils semblent être,
Sont mâtés par plus hardis qu'eux.
Tout fier à bras trouve son maître.

FABLE XX.

L'ÉLÉPHANT ET LE RHINOCÉROS.

Deux Champions de riche taille,
Le Rhinocéros *, l'Eléphant **,
Pour vuider certain différent,

---

* Rhinocéros, ou Rhinocérot, (l'un & l'autre
se disent) est une bête farouche à quatre piés, ainsi
nommée à cause d'une corne qui lui sort du nez.
Cet Animal naît en Asie, & aux déserts d'Afrique.
Pline dit que c'est l'ennemi de l'Eléphant, qu'il s'ai-
guise la corne, quand il veut le combattre, tâchant
de le frapper au ventre, où il a la peau plus tendre. Le Rhinocéros est un des Animaux des plus
singuliers qu'il y ait dans la nature: Sa peau est
toute couverte de grandes & épaisses écailles, mais
ce qu'il y a de plus merveilleux dans cet animal,
c'est la langue, que la nature lui a couverte d'une
membrane si dure, qu'elle n'est guere différente d'une
lime ; ainsi il écorche tout ce qu'il veut lécher. Il
mange avec plaisir des branches d'arbres hérissées
de grosses épines. Il est de la longueur de l'Eléphant, mais il a les jambes plus courtes.

** Eléphant. Animal sauvage, qui naît en Asie,

S'étoient portés sur le champ de bataille,
Tout prêts à répandre leur sang.
Ils virent au bord d'un étang

---

en Afrique & dans les Isles qui sont aux environs
de ces Continens. C'est le plus gros, le plus fort,
le plus spirituel de tous les Animaux terrestres à
quatre pieds. Il est d'une couleur qui tire sur la couleur de cendre. Il a dix pieds de haut, la tête
grosse, les yeux petits en comparaison de son corps,
le cou fort court, les oreilles de deux palmes. Son
nez, qu'on appelle sa trompe, est long & creux
comme une grosse trompette. Elle pend presque
jusqu'à terre, & est entre ses défenses de devant.
Elle lui sert comme de main. D'un coup de trompe il tue un Chameau, ou un Cheval. Il a la bouche auprès de l'estomac, assez semblable à celle
d'un Pourceau, & il sort de sa bouche, du côté
de la mâchoire supérieure, deux grosses dents. Son
pié rond, large de deux ou trois palmes. De son
simple pas il atteint les hommes qui courent, &
il fait trois milles par heure. Ses défenses ou grosses
dents sont l'Ivoire. On en a de la longueur d'une
toise, & grosses comme la cuisse. On a vu des Elé-
phans hauts de treize à quinze piés. Ils vivent
quelquefois jusqu'à cent ans, & six vingt ans. Il
faut bien cent livres de Ris à chaque Eléphant par
jour pour le nourrir. On fait des pelottes de ce Ris
avec du beurre & du sucre, & on les lui donne.

Deux Champions d'une autre efpéce
Qui s'efcrimoient avec adreffe.
C'étoit la Grenouille & le Rat,
Engagés dans un grand combat ;
Pourquoi ? pour une bagatelle.
Sçavoir qui du verd ou du gris,
Dont Nature a teint leurs habits,
Etoit la couleur la plus belle.
Armés d'un jonc pointu, dreffés fur leurs ergots,
L'un l'autre foutenoient vivement leur querelle.
A ce fpectacle : Hé quoi, dit au Rhinocéros
L'Eléphant plus fenfé, verra-t'on deux Héros
Imiter lâchement cette vile canaille,
Qui fe bat pour un rien & d'eftoc & de taille?
Non, ce feroit une honte pour nous.
Il dit, & ce difcours amortit leur courroux.

Quelle leçon pour la Nobleffe,
Qui fe fait un faux point d'honneur

---

* Eftoc, fignifie le fer & la pointe d'une arme.
Ainfi on dit frapper d'eftoc & de taille, *punctim,*
& cæfim, C'étoit autrefois une épée longue & étroi-
te, qui ne fervoit qu'à percer.

De s'égorger avec fureur !
Le duel, cette folle yvresse,
N'est dans le vrai qu'une bassesse,
Indigne d'un homme de cœur.

FABLE XXI.

LES PIGEONS ET LE FERMIER.

UN Seigneur à sa terre avoit un Colombier,
Bien garni de Pigeons, bons & d'un beau plumage,
Il en avoit donné le soin à son Fermier,
    Homme chiche *, & de grand ménage ;
    Lorsqu'il leur jettoit à manger,
    S'il survenoit un Pigeon étranger,
      Qui cherchât fortune nouvelle,
      Il faisoit tant qu'il l'éloignoit.
Le Pigeon effrayé fuyoit à tire d'aîle,
      Et dans sa fuite il entraînoit
      Tantôt mâle, tantôt femelle.
Le Fermier si souvent revint à ce jeu-là,
      Et la désertion fut telle,
      Que le Volet ** se dépeupla.

---

* Chiche, Avare.
** Volet. Petit Colombier bourgeois & domestique, où l'on nourrit des Pigeons. Il n'a qu'une
petite ouverture que l'on ferme avec un ais.

Porter trop loin l'œconomie,
C'est ignorer nos intérêts.
Quand elle est poussée à l'excès,
Elle devient notre ennemie.

FABLES NOUVELLES.

LIVRE IX.

FABLE I.

LE RAT ANNOBLI.

Certain Rat dans un vieux Château,
Possedé par un Hobereau *,

---

* Hobereau. Oiseau de leurre, qui vole fort haut,
& qui prend les petits Oiseaux. Ce mot se dit figu-

Qui tenoit un mince ordinaire,

Y faifoit très-mauvaife chere.

Un jour n'ayant rien à manger,

Il fe gliffe dans les Archives *,

Et fe met d'abord à ronger

Terriers * *, Baux * * * à rente, &

* * * * Cenfives;

La faim lui fit encor gruger

Quelques vieux titres de nobleffe,

Après quoi fallut déloger.

Puis vers la gent de fon efpéce

rément & ironiquement de petits Nobles de campagne, qui n'ont point de bien, & qui vont manger
chez les autres. On le dit auffi de ceux qui font ap-
prentifs & novices dans le monde.

* Archives. Lieu où l'on garde les Papiers & les
Actes publics.

* * C'eft un papier qui contient le dénombre-
ment & la nature des héritages fitués dans la Cen-
five d'un Seigneur, avec le tribut dont ils font
chargés.

* * * Bail. Ce mot fait au pluriel *Baux*. C'eft un
Contrat paffé devant Notaire, de quelque maifon
ou de quelque Ferme.

* * * * Terme de Coutume; charge que doit un
héritage au Seigneur.

Prenant un ton fier, des airs hauts ;
Je suis, dit-il, bien Gentilhomme,
Er prétends être honoré, comme
Un Seigneur l'eſt par ſes Vaſſaux.
J'ai fait paſſer dans ma ſubſtance
La nobleſſe que ma naiſſance
M'a refuſée, & maintenant
Rien n'eſt ſi noble que mon ſang.
Hé bien, on vous en félicite,
Lui dit un Rat des plus mâtois ;
Mais ſachez une bonne fois,
Que la valeur & le mérite
Peuvent ſeuls établir vos droits.
La Nobleſſe n'eſt reſpectable,
Qu'autant que par ſes beaux exploits
Elle ſçait ſe rendre eſtimable.

Nobilitas ſola eſt atque unica virtus.
Juvenal. Sat. 8.

FABLE II.

LE PAON, LE COCQ-D'INDE, ET L'OYE.

UN Paon près d'une Grange amené par la faim ,
Y mangeoit avec la volaille ;
Oifons, Poulets, Dindons, & mainte autre racaille
Le regardoient d'un œil d'envie & de dedain.
Ils trouvoient fa démarche affectée , infolente.
Lui convaincu de fa beauté ,
Marchoit encor avec plus de fierté ,
Déployant au Soleil de fa queue éclatante
Les riches & vives couleurs ,
Il confondoit fes Détracteurs. *
La troupe ftupide , ignorante
N'en devint que plus médifante ,
Et l'envie alluma la haine en tous les cœurs.

---

* Détracteur fignifie médifant.

Enfin un vieux Cocq-d'Inde éclate,
Ne pouvant contenir sa bile dans son sein.
Voyez jamais, dit-il, Oiseau fut-il si vain?
Qu'on juge de lui par la patte,
Comme par l'ongle on juge du Lion,
On verra s'il a droit d'être si fanfaron.
Ainsi fut-il traité par la gent Dindonniere ;
Et même une Oye en son jargon
Lui nazilla quelque injure grossiere,
Et l'apostropha sur ce ton :
Quelles jambes, dit-elle ! Ah qu'elles sont hideuses.
Et que ces griffes sont affreuses !
Mais encor quels horribles cris !
Les Hiboux même en sont effrayés, interdits.
J'en conviens, lui répond le Paon d'un air tran-
quille,
Ce qu'en moi vous blâmez ce sont de vrais défauts;
Cependant calmez votre bile,
Vos reproches si durs sont injustes & faux.
Hé, ne voyez-vous pas ma queue ? elle déploye
Tant d'attraits, que les yeux en sont émerveillés.
Vous censurez ma voix, mes jambes & mes piés, *

---

* Les piés du Paon sont laids, & ne répondent
pas à la beauté de son corps.

Sont-ils plus laids que ceux du Cocq-d'Inde & de
l'Oye?

Tout efprit baffement jaloux
Ferme les yeux aux beautés raviffantes,
Pour ne voir dans autrui que des taches choquantes
Et porter fur elles fes coups.
Voulons-nous étouffer en nous la jaloufie,
Et délivrer nos cœurs du poifon de l'envie,
Penfons à nos défauts, jettons les yeux fur nous;
C'eft le plus fûr moyen de régler notre vie.

FABLE III.

FABLE III.

LE VILLAGEOIS ET SON CHEVAL.

Garder à propos le silence,
Est plus important qu'on ne pense.
Raisonner & penser tout haut
De bien des gens est le défaut.
On en va voir la conséquence.

Un Villageois, dans un beau jour d'été,
Sur son Cheval joyeusement monté,
En s'éloignant de son Village,
Trouve un Mûrier sur son passage;
Par la beauté du fruit & sa maturité,
D'y goûter il se sent tenté.
Le voilà donc qui de l'arbre s'approche,
Quitte gayement les étriers,
Se perche sur le bât, se dresse sur les piés,
Et par les mains au branchage s'accroche:
Mais tandis qu'il repaît & trouve le fruit bon,
Il lui survient une réflexion,

F

Si pour faire, dit-il, avancer ma monture,
Quelque malin paſſant s'aviſoit de crier
Aye, *Aye*, il m'en cüiroit d'être en cette poſture.
A peine l'a-t'il dit, que l'agile courſier,
Croyant qu'on l'excitoit à prendre ſon allure,
S'élance comme un trait, laiſſe le Cavalier
     Bien empêché de ſa figure,
Suſpendu par les mains, & ſot de l'aventure.

FABLE IV.

LE SINGE ET LES COCQS.

UN riche Gentilhomme avoit à sa campagne
Une excellente basse-cour,
Qui rendoit sa maison un pays de cocagne *
Pour les Hobereaux d'àlentour.
Un Singe, vieux routier, faisant le bon apôtre,
Etoit là pour le divertir.
Un jour qu'il vit deux Cocqs jouter ** l'un contre
l'autre,
Quand ils furent bien pris, il courut avertir,
D'un air tout effrayé, leurs épouses fidéles.

---

* Cocagne. On appelle pays de Cocagne, tous
les pays fertiles & abondans, & où l'on fait
grande chere.

** Jouter, combattre. La Joute est un combat
à cheval d'homme à homme avec des lances. Joute
se dit aussi du combat de certains animaux qu'on
fait combattre l'un contre l'autre, comme des Cailles, des Cocqs & des Béliers.

C'eft fait, leur cria-t'il, c'eft fait de vos maris,
Si vous ne vous hâtez d'appaifer leurs querelles.
Ayant par fes difcours échauffé les efprits
De ces caqueteufes femelles,
Les Poules prennent feu, fe déchirent entre elles.
Content de ce début, notre maître fripon
Va de même animer le Canard & l'Oifon.
A l'aide, leur dit-il, voilà votre volaille
Qui s'égorge dans la bataille,
Voulez-vous la laiffer périr?
O gens de cœur, venez la fecourir.
Dès qu'il vit au combat la troupe raffemblée,
Il fe jette dans la mêlée,
Et de les féparer faifant alors femblant,
Il renverfe, il écrafe, & s'enyvre de fang.
Des mourans les cris lamentables
Rempliffent le Château d'horreur.
Le Maître accourt, voyant les débris effroyables
Qu'a faits le Singe en fa fureur,
A grands coups fur fon dos il en tire vengeance,
Et le calme revient par ce trait de prudence.

D'une fédition a-t'on puni l'auteur?
Le châtiment du chef étouffe la rumeur.

FABLE V.

LE HIBOU ET LE FERMIER.

UN Hibou *, songe-creux & grave Philoso-
phe,
Tel qu'est l'oiseau de cette étoffe,
S'étoit choisi pour habitation,
A la campagne, une grange isolée,
Propre à la méditation,
Et de Souris abondamment peuplée,
Contre la faim sage précaution.

---

* Hibou, Oiseau nocturne. Les Chats-Huans &
les Chouettes sont des espéces de Hiboux. Le Hibou
est un Oiseau de mauvais augure. Il a la tête d'un
Chat, & de grandes griffes fort aigues. Il ne voit
que la nuit. Ses yeux ne peuvent souffrir la lumiere
du Soleil. Il prend les Souris, & même les Chats.
Quand on le voit par derriere, il est d'un fort beau
plumage tanné, blanc & roux, mais par devant
il fait peur. Il a deux plumes sur la tête, qui sont

Le Fermier, un matin, vint visiter sa grange,
Et tandis qu'en un tas ses gerbes il arrange,
Notre Hibou faisoit cette réflexion :
Les hommes peuvent-ils se dire les seuls sages ?
　　　Quelle vaine présomption !
　　　Leur mépris pour l'oiseau nocturne,
　　Parce qu'il est pensif & taciturne,
Décéle leur folie & leur prévention ;
Mais les fins connoisseurs de la gent emplumée,
　　　Qui savent juger sainement,
　　　Reconnoissent évidemment
Sur le front des Hiboux la sagesse imprimée.
　　En faut-il plus ? que je paroisse au jour,
Une foule d'Oiseaux vient former mon cortége ;
En esclave soumis chacun me fait sa cour.
Quelle autre espéce a-t'elle un si beau privilége ?
　　　Le Fermier rit, & lui répond :

———————————————————

comme des cornes. Son cri est fort lugubre & affreux. Tous les autres Oiseaux sont ses ennemis. Il
y en a de trois tailles ; de gros comme des cha-
pons, de moyens comme des Ramiers, & de petits comme des Pigeons. Les Payens donnoient à
Pallas un Hibou.

Gros hébété, ta raifon fe confond ;
Peux-tu t'enorgueillir des prétendus hommages
Des Oifeaux, que tu crois autour de toi rem-
pans.
Apprends que l'on fuit peu la fageffe & les fages,
Les fots fuivent les fots, pour rire à leurs dépens.

FABLE VI.

LE BŒUF ET LE CHEVAL.

UN Bœuf étoit fixé dans un gras pâturage,
Il avoit en tout tems herbe fraîche & bon lit ;
Mais est-on satisfait du plus heureux partage?
    Pour aiguiser son appétit,
Il veut goûter un jour des joncs d'un marécage,
Il s'y porte, & si bien dans la vase * il s'engage,
Que par tous ses efforts il ne peut en sortir.
    Il commence alors à mugir,
    Et ses Confréres il appelle.
    Leur indifférence fut telle
    Qu'aucun ne voulut l'écouter,
    Chacun s'occupoit à brouter.
Un Cheval, qui le vit du milieu de la plaine,
Se hâte, vole à lui, pour le tirer de peine.
Il écarte d'abord la vase à coups de piés,
    Applanit, affermit la terre,

---

* Vase, Limon. Les rivieres amassent quantité
de Vase & de Limon.

Et fans employer de léviers ,
Débarraffe le pauvre Hére. *
Celui-ci , forti du danger,
Pénétré de ce bon office ,
Dit au Cheval : Toi , qui m'es étranger,
Quel motif a pû t'engager
A me rendre un fi grand fervice ,
Qu'avec tant de rigueur m'ont refufé les miens?
C'eft , répond le Courfier , un acte de juftice.
Eprouvé par mes maux , je fuis fenfible aux tiens.

Lorfqu'on eft dans l'abondance ,
On ne fonge qu'à jouir.
A-t'on appris à fouffrir ,
Les difgraces font qu'on penfe ,
S'il eft des malheureux , qu'il faut les fecourir.

———————

Non ignara mali miferis fuccurrere difco.
Æneid. Liv. 1.

————————————————

* Hére. Ce mot fe dit de ceux qui font dans la
mifere. C'eft un pauvre Hére, c'eft-à-dire , un malheureux , qui eft dans la néceffité.

F v

FABLE VII.

LE VILLAGEOIS ET SON FILS.

UN Villageois fenfé, la moiffon approchante,
Avec fon jeune fils vint vifiter fon champ.
  Qu'y voit-il ? La terre couverte
De Bluets *, de Pavots, & de mainte autre fleur ;
  Mais peu d'épis, & leur maigreur
  Le faifoit gémir de la perte
  Que lui caufoit fon Laboureur.
  L'enfant ne penfoit pas de même.
  Il étoit d'une joye extrême
  De voir ce fpectacle nouveau.
  Voyez, difoit-il à fon Pere,
  Ce bleu, ce jaune, ce ponceau. **

* Bluet. Fleur bleue qui eft très-commune dans les blés.
** Ponceau. Sorte d'herbe qui vient parmi les Blés & les Seigles, qui fleurit rouge, & quelquefois bleu en forme de Tulipe, & qui alors s'appelle *Coquelicot*, ou *Pavot fauvage*, qui eft une

Quelle variété ! Que ce champ doit vous plaire !
Notre Jardin a-t-il rien de si beau ?
Vous pensez aujourd'hui, comme on pense à votre
âge,
Lui dit le Pere en soupirant ;
Mais un jour, devenu plus sage,
Vous penserez tout autrement.
Vous sentirez combien nous cause de dommage
Ce qui vous paroît si charmant ;
Et ce qui vous plaît davantage,
Sera par votre main arraché promptement.
Ne jugez point sur l'apparence :
Rien, mon fils, rien n'est si trompeur :
C'est se former une vaine espérance
Que de compter sur un dehors flatteur.
Il en est de même des hommes.
Qu'on est trompé par leur extérieur !
On ne connoît ce que nous sommes,
Qu'aux qualités de l'esprit & du cœur.

Nimium ne crede colori. *Virgile*, *Eclog.* 2.
Frontis nulla fides. *Juvenal. Sat.* 2.

---

espéce d'herbe réfrigérative, & qui, lorsqu'elle est
cuite & prise en breuvage, provoque le sommeil.

FABLE VIII.

LE JARDINIER ET SES ANIMAUX DOMESTIQUES.

UN Jardinier allant à la Ville un matin,
Fut obligé de laisser son Jardin
En garde aux Animaux privés & domestiques,
Qu'il nourrissoit dans sa maison.
Un Renard, une Chêvre *, un Porc, une Guenon **;
Fallut choisir ; en termes énergiques
Chacun fit valoir son talent,
Et de tout intérêt son grand dégagement.
Peut-on, dit la Guenon, entrer en défiance
De ma sobriété ? quelques noix seulement
Sont par jour toute ma pitance.
Le fruit pourri, dit le Pourceau,
Est à mon gré le plus exquis morceau.

* La Chêvre est la femelle du Bouc.
** La Guenon est un Singe femelle.

La Chévre dit , jamais je n'ai donné d'ombrage.
Un peu d'herbe , des fruits , tantôt mûrs , tan-
        tôt verds ;
    Les uns doux , les autres amers ,
Sont mon meilleur festin , mon plus heureux par-
        tage.
Tout le monde le sçait , je n'ai , dit le Renard ,
    Quelque appétit, quelque faim qui me presse ,
      Ni l'agilité , ni l'adresse
De grimper sur un arbre , & d'y prendre ma part.
    Grand merci de vos bons services ,
    A d'autres , dit le Jardinier ;
Je sçais trop du Renard quels font les artifices,
Le naturel pervers , pour pouvoir m'y fier.
Le Pourceau n'a de soin que de remplir sa pance;
    La Chévre à force de lécher
   Le jeune bois, va jusqu'à l'écorcher ,
   Et la Guenon est de trop de dépense.
    Mon chien par sa fidélité ,
    Son ardeur & sa vigilance,
    Mérite seul la préférence ;
Et si de me trahir il a la lâcheté ,
    Martin bâton sera sa récompense.

Le choix étoit heureux, & c'étoit bien penſé.
　　　　Mais d'où part cette ardeur fidéle,
Qui fait qu'un ſerviteur ſert ſon maître avec zéle ?
　　　　C'eſt d'un cœur déſintéreſſé,
　　　　S'il en eſt de ce caractère ;
Prenez-les à coup ſûr, vous ne ſçauriez mieux
　　　　faire.

FABLE IX.

LE PERSAN, LE SOLEIL ET LA NUE.

DEVANT l'Aftre éclatant qui répand la lu-
      miere,
Un Perfan * profterné faifoit cette priere :
Pere du jour, Soleil qui vois tout dans ton cours,
Et dont les doux rayons fécondent la nature,
Daigne rire à nos champs, prête-leur ton fecours,
Sans toi que ferviroit d'employer la culture ?
     Comme il finiffoit ce difcours,
     Qu'animoit la reconnoiffance,
Tout-à-coup un nuage obfcurciffant le jour,
Dit : Aveugle mortel, quelle eft ton ignorance ?
Lorfqu'à ce Dieu fi foible, à qui tu fais ta cour,
J'ôte tout fon éclat, reconnois ma puiffance.

    Perfan. Habitant du Royaume de Perfe, l'un des
plus confidérables Etats de l'Afie. Les Perfans pro-
feffent aujourd'hui la Religion de Mahomet. Les
anciens Perfes adoroient le Soleil & le Feu.

Peux-tu me refuſer tes vœux, ta confiance ?
L'Aſtre, que je révére, eſt l'œil de l'Univers,
Lui répond le Perſan, tranſporté d'un beau zèle ;
C'eſt lui qui t'a formé dans le milieu des airs,
   Et tu lui deviens infidelle !
Mais, pour te diſſiper, un coup de vent ſuffit.
   A peine le Perſan l'a dit,
   Qu'auſſi-tôt un vent frais s'éléve.
   Le nuage emporté ſe créve,
   Et du jour l'Aſtre glorieux,
Paré de ſes rayons, paroît plus lumineux.

   Toujours on voit céder l'envie,
   Et ſes vapeurs ſe diſſiper,
   Quand la vertu vient nous frapper,
   Par l'éclat dont elle eſt ſuivie.

FABLE X.

LA VIEILLE ET SES CHATS.

LA société d'un fripon
Attire à telle compagnie
Le renom de friponnerie :
Les amis font toujours la réputation.

Une Vieille ratatinée,
Noire, maussade, décharnée,
Et que Sorciere on tenoit pour certain,
Assise auprès d'un feu qu'on couvroit de la main,
De ses Chats étoit entourée,
Animaux efflanqués, & miaulans de faim.
De leurs cris importuns enfin désespérée,
En injures contre eux sa bile elle répand.
Que je suis folle, ô Ciel, de garder cette gent !
Leur dit-elle; hors d'ici décampez tout à l'heure.
L'auroit-on jamais cru, dites, race d'enfer,
Que je fusse en commerce avec que Lucifer,
Si vous n'aviez habité ma demeure?

N'eft ce pas à caufe de vous
Qu'on me maudit comme Sorcière,
Qu'on me pourfuit à coups de pierre,
Et qu'on larde * mon lit d'épingles & de cloux ?
Hé ! Qui doit plus fe plaindre ou de vous, ou de
nous,
Lui répond un des Chats ? Si dans votre chau-
mière,
Nous n'avions point fouffert une faim meurtrière,
Serions-nous fi hideux ? Nous regarderoit-on
Comme les Suppôts du Démon ?
Et comme aux noirs agens de tous vos fortiléges,
Les enfans chaque jour nous tendroient-ils des
piéges
De la cave au grenier, pour nous faire périr ?
Eft-ce donc-là la récompenfe
Que nous gagnons à vous fervir ?
Certes, vous abufez de notre patience.

Le moindre démêlé brouille entre eux les méchans.
Leur amitié n'eft point folide.
Comme l'intérêt feul les guide,
Elle ne peut durer long-tems.

-----

* Superftition du Peuple à l'égard des prétendus
Sorciers, pour empêcher l'effet de leurs fortiléges.

FABLE XI.

LE CHEVREUIL, LE RENARD ET L'OURS.

UN Cerf, un * Chevreuil, un Renard,
Tous Animaux des plus agiles,
S'étant rencontrés par hafard
Dans un bois, y paiffoient tranquilles,
Lorfqu'un Ours **, forti de fon Fort ***,

---

* Chevreuil. Bête fauve qui vit dans les bois, & qui exerce fort les Chaffeurs. Il reffemble au Cerf; mais il eft plus petit. Il s'apprivoife auffi plus aifément, & ne fait point de mal avec fon bois. Les Chevreuils font les plus difpos des Animaux qui ont le pied fourchu.

** Ours. Bête féroce, qui fe retire dans les montagnes, qui a des ongles crochus, & qui monte au haut des arbres. Dans les Pays Septentrionaux les Ours font blancs. L'Ours eft capable de difcipline. Il faute, il danfe, & fait mille petits tours.

*** Fort. Terme de Chaffe. Buiffon fort & épais, où quelques bêtes fauvages fe retirent.

S'achemine vers eux d'une démarche lente.

Auffi tôt la troupe fringante

Se mit à critiquer & fon air & fon port *.

Voyez , dit le Cerf, quel abord ,

Quelle maffe lourde & pefante ?

Cet Animal n'eft qu'ébauché.

Le proverbe eft bien vrai, c'eft un Ours mal léché.

S'il étoit attaqué, comment prendre la fuite ?

Moi , je crois fon efprit auffi lourd que fon corps,

Dit le Renard ; auroit-il notre adreffe ,

S'il entendoit le bruit des Chaffeurs & des Cors,

Pour s'en tirer avec foupleffe ?

Non , non , c'eft un magot, fans rufe & fans fi-
neffe.

L'Ours , marchant à pas lents, ne perdit pas un mot

De ceux que lui lâchoit l'ardente raillerie.

Il fit voir à l'inftant qu'il n'étoit pas un fot.

Une Meute parut de fes Chaffeurs fuivie ;

L'Ours en trois coups de bras fur un arbre grimpé,

---

* Port, fe dit de la mine, de l'air, de la contenance, de la maniere de marcher & de porter
fon corps.

** Meutte. Compagnie de Chiens courans.

De ce danger preſſant eut bien-tôt échappé ;
Et notre troupe, qui ſe fie
A ſon adreſſe, à ſa légéreté ;
Après bien des détours, ſuccombe & perd la vie.
Sur ſes talens elle avoit trop compté.

Ne jugeons point ſur la figure.
Tels que l'on croit lourds & peſans,
Seront plus déliés en mainte conjonêture,
Que ces eſprits ginguets, ces atômes brillans.

F A B L E XII.

LES CHEVAUX SAUVAGES
DEVENUS DOMESTIQUES.

L'HOMME eſt fait pour vivre à ſon gré,
La liberté, dit-on, eſt ſon plus beau partage.
Mortel aveugle, quel uſage
Fais-tu donc de ce bien par toi tant deſiré ?
Apprends qu'il n'eſt point comparable
A ce frein que la loi met à tes paſſions.
Tu le vas voir, lis cette Fable,
Elle fournit matiere à tes réflexions.

Sortis des mains de la Nature,
Les Chevaux dans les premiers tems,
Au milieu des forêts vivoient à l'aventure ;
Des Tigres, des Lions ils étoient la pâture.
Eux-mêmes, trop indépendans,
Se diſputoient la nourriture.
Mille autres ſujets de combat
Troubloient la paix de leur état.

C'étoient toujours guerres nouvelles.

A l'homme ils eurent donc recours,

Pour faire cesser leurs querelles,

Et pourvoir à tous leurs besoins.

A leur priere il se rendit propice,

Et les prenant à son service,

Il voulut bien leur accorder ses soins.

Dès-lors soumis à sa conduite,

Et se laissant gouverner par sa main,

A l'aide du mords & du frein,

Ils ne craignirent plus du Lion la poursuite,

Ils s'assurerent pour la suite

Un sort heureux, un asyle certain.

Quel état que l'indépendance !

Est-il pour les humains rien de plus dangereux ?

S'assujettir aux loix, vivre sous leur puissance,

Est le seul qui les rende heureux.

Une soumission docile,

Qui fait régner la paix dans la société,

Ne vaut-elle pas mieux que cette liberté,

Qui nous ravit ce bien, ou le rend inutile ?

FABLE XIII.

LES DEUX JUMENS ET LEURS POULAINS.

Deux Jumens avoient pouliné *,
Et leurs Poulains étoient de taille,
A devenir un jour des Chevaux de bataille,
Si chacun d'eux étoit bien gouverné.
L'un à peine eut deux ans, que sa mere sensée
Le mit entre les mains d'un habile Ecuyer **.
(Pour réussir dans un métier,
La jeunesse trop tôt ne peut être exercée.)
L'autre Jument, folle de son petit,
Se contentoit seulement qu'il apprît

---

* Pouliner. Ce mot se dit des Cavales. C'est faire un Poulain.

** Ecuyer. Celui qui tient Académie où l'on apprend à de jeunes Gentilshommes à monter à cheval, & à faire tous les exercices que doivent sçavoir les gens de qualité qui sont destinés à servir le Roi.

A

A bien porter sa tête , à marcher avec grace ,

Et quelquefois le menoit à la chasse.

Un jour qu'en passant elle vit

L'autre Poulain sortir , tout suant , du Manége ,*

A la mere elle s'en plaignit.

Y pensez-vous , dit-elle , est-ce ainsi qu'on abrége

Les jours d'un tendre nourrisson ?

Chaque fruit vient dans sa saison :

Votre fils , sans cette torture,

Pourra briller assez par sa noble figure.

Devenus grands & vigoureux ,

Dans un Tournoi ** célèbre ils parurent tous deux,

---

* Manége , lieu où l'on exerce les chevaux de selle ; lieu où on les fait travailler, & où on les dresse à toutes sortes d'airs.

** Tournoi , combat que deux partis de Cavaliers , bien montés lestement , parés & armés de lances , font par plaisir , pour quelque réjouissance publique , ou pour se rendre propres aux exercices de la guerre ; & cela dans une carriere destinée à ces sortes de joûtes célèbres. Les Tournois ont été inventés par Manuël Commnéne , Empereur de Constantinople. Les Tournois étoient au

G

Mais avec grande différence ;
Notre Poulain , au Manége exercé ,
Fut applaudi de toute l'assistance.

Celui qu'on n'avoit point dressé
Y fit mauvaise contenance :
Le Cavalier fut bien-tôt renversé ,
Tant le Coursier étoit indocile & farouche ;
Ne voulant point au mord assujettir sa bouche :
Bref , il prévint contre lui les esprits ;
A son Rival on adjugea le prix.

-Meres , c'est à vous que j'adresse
Cet Apologue * ; une fausse tendresse
Toujours aux enfans porte coup ;
Quand on éleve la jeunesse
Avec trop de délicatesse ,
On la rend inutile à tout.

Qui docet filium suum , laudabitur in illo, & in
medio Domesticorum in illo gloriabitur . . . .
Equus indomitus evadit durus , & filius remissus
evadet præceps. *Eccléfiaftique* , *c.* 30. *v.* 2. & 8.

━━━━━━━━━━━━━━━━━━━━━━━━

trefois en France assez fréquens ; mais depuis
qu'Henri II. eut été mortellement blessé par Mont-
gomeri dans un Tournoi , ils ont été très-négli-
gés par les François.
* Apologue , Fable Morale.

FABLE XIV.

LE SOLDAT ET SON CHEVAL.

UN Soldat avoit un Cheval.
Encor assez plein de courage ;
Mais, hélas ! le pauvre animal
Commençoit d'être un peu sur l'âge.
Son Maître le menoit pour le vendre au marché ;
Le Coursier en étant fâché,
Lui disoit ; comment donc ai-je pû vous déplaire?
Quel sujet avez-vous de vous plaindre de moi ?
Ne suis-je pas toujours prêt à vous satisfaire ?
De combien de périls, que j'ai vû sans effroi,
N'ai-je pas sauvé votre vie ?
C'est encor ma plus chere envie.
Non, je n'ai point à me plaindre de toi,
Lui répond le Guerrier ; avant que la vieillesse *

---

* Solve senescentem maturè sanus equum, ne
Peccet ad extremum ridendus, & ilia ducat.
Horace.

G ij

Te rende un objet de mépris ;

Comme il arrive à ceux de ton espece ,

Je veux , en te vendant , m'assurer un bon prix.

Quoi , répond le Cheval , est-ce-là la promesse

Que vous me fites tant de fois ,

Quand vous me caressiez de la main , de la voix ?

Se peut-il qu'à cette injustice

Vous vous portiez tranquillement ?

Est-ce donc là le prix de mon service ?

Ah! je le vois aujourd'hui , l'avarice

Etouffe en vous tout sentiment.

Ne comptons pas dans un avare

Trouver un véritable ami ;

De quelques beaux dehors d'amitié qu'il se pare ,

L'intérêt qui le guide , en fait un ennemi.

FABLE XV.

LE BŒUF, ET LE CHIEN TOURNE-BROCHE.

QUELQU'UN est-il satisfait de son sort ?
Non , je l'ai déjà dit ; dans les hautes fortunes ,
  Ainsi que dans les plus communes ,
Chacun se plaint, & je crois qu'il a tort.
  Qu'un homme soit dans la misere ,
  Sans crédit, sans biens , sans appui ;
  S'il réflechit , s'il considere
  Ce qui se passe chez autrui,
Il trouvera plus malheureux que lui.

Un Chien fuyant la maison de son Maître ,
Crioit , fut-il jamais Chien aussi malheureux ?
  Quelle étoile m'a donc vu naître ,
Et quel contrat me lie à ce tour odieux ?
  Quoi , toujours tourner une roue !
  Est-ce ainsi que le sort me joue ?
  Quelle indigne tâche pour moi !

Si j'étois né d'une espece Gredine * ;
Dans le sein du repos je vivrois doucement ;
Ou si j'étois Epagneul d'origine,
Un noble Campagnard m'aimeroit tendrement ;
Chaque jour, avec lui, je chasserois au champ.

Un Bœuf entendant cette plainte,
Réprimanda le Chien, & lui dit, paresseux,
Compare ton état à la dure contrainte
Où je vis, & ton sort va te paroître heureux.
Condamné depuis ma jeunesse
Au plus rude travail, sans cesse
Le dos piqué par l'aiguillon,
Je trace sur la terre un pénible sillon ;
Le Laboureur assidument me presse.
Sans murmurer, je souffre tous ces maux.
De plus, peut-être un jour, (plus prêt que je ne
pense,)
Tu tourneras ma chair, & pour ta récompense
On te fera ronger mes os.
A ce discours, grande fut la surprise
Du Tourne-Broche, avouant sa bêtise.

---

* On appelle Gredins une espece de petits Chiens
noirs, que l'on garde à la maison.

Ah! je vois bien, dit-il, que tous les Animaux
Ont leurs peines & leurs travaux.
Peut-être même que les hommes
Sont , malgré leurs dehors si beaux,
Plus malheureux que nous ne sommes.
Faisons taire l'envie , & servons sans retour ;
Il rentre à la cuisine , & monte dans son tour.

FABLE XVI.

LE POISSON.

Petit Poisson, mis dans la poële à frire,
Ne pouvant en souffrir l'ardeur,
S'agite, se débat, & fait tant qu'il s'en tire;
Mais son destin n'en devient pas meilleur :
S'élançant de la poële, il tombe sur la braise ;
Là, se trouvant aussi mal à son aise,
Par un nouveau genre de mort
Il finit tristement son sort.

Quand la mort nous poursuit, de fuir on a beau
faire ;
Succomber sous sa faux est un mal nécessaire ;
La cruelle nous attend là ;
En voulant fuir Carybde, on tombe dans Scylla.

Incidit in Scyllam, cupiens vitare Carybdim.

Ce Vers, que quelques Auteurs ont faussement
attribué à Horace, n'est d'aucun Poëte ancien,
mais d'un Poëte du douzième siecle : il est tiré

du cinquiéme Livre de l'*Alexandriade*, Poëme héroïque Latin, composé par Gaulthier Chatillon, contemporain de Pierre Lombard.

L'Auteur de l'Année Littéraire a donné la notice de ce Poëme dans sa Lettre du 24 Octobre 1739.

Caribde est un gouffre horrible vers le rivage de Sicile ; il n'est pas éloigné d'un autre gouffre appellé Scylla; & de-là est venu le proverbe, qu'il faut prendre garde de tomber en Scylla, en voulant éviter Carybde ; c'est-à-dire , qu'en fuyant un péril , on tombe dans l'autre.

FABLE XVII.

LE BERGER, LE LOUP ET LE RENARD.

Un Berger, couché sur l'herbette,
Jouoit un jour de sa Musette *,
Lorsqu'au loin, au milieu d'un champ,
Il vit un animal dansant,
Sans pouvoir juger ni connoître
Quel animal ce pouvoit être.
Ce jour même, & le jour suivant,
Ce jeu se répeta souvent.
Enfin un Renard lui vint dire :
Ce qu'au loin vous voyez danser,
C'est un Loup, qui n'ose avancer,
Et que votre Musette attire.

---

* Musette, instrument de Musique, & à vent, composé d'une peau, d'un bourdon, de deux chalumeaux & d'un porte-vent, où l'on fait entrer le vent par le moyen d'un soufflet, ou de la bouche. Cet instrument est champêtre, les Bergers & les Gens de la campagne s'en servent.

Il en aime tant les accens ,

Les trouve fi doux , fi touchans ;

Qu'auffi-tôt il entre en cadence ,

Sans qu'il puiffe s'en empêcher.

Plus près il voudroit approcher ,

Pour faire avec vous connoiffance ,

Et par une forte alliance ,

A votre troupeau s'attacher.

Il détefte la vieille guerre

Que fa race fait aux Brebis ;

Il jure de ne la plus faire ,

Et veut être de leurs amis.

Qu'ainfi foit , eh bien ! qu'il s'approche ;

Répond le Berger , j'y confens ;

Mais pour qu'il vive fans reproche ,

Qu'il fe laiffe arracher les dents:

Pour danfer , qu'en a-t-il affaire ?

S'il veut converfer avec nous ,

C'eft précaution néceffaire

Pour les Brebis contre les Loups,

Voyant fa rufe découverte ,

A ces mots , le fin Meffager

S'enfuit , & court d'un pas alerte ;

Sans prendre congé du Berger.

Airs gracieux , douces paroles ,

De la part de nos ennemis ,

Sont appas , amorces frivoles ;

Gens prudens n'y font jamais pris.

Non credas inimico tuo in æternum , ficut enim æramentum æruginat nequitia illius , & fi humiliatus vadat curvus , adjice animum tuum , & cuftodi te ab illo.

Ecclésiastique , ch. 12 , *v.* 10 & 11.

FABLE XVIII.

LE CORBEAU ET LE SERPENT.

Tous gens qui vivent de rapine
Tôt ou tard font mauvaife fin.
Tout voleur court à fa ruine,
Maints faits en font garans, le proverbe eft cer-
tain.

Un Serpent endormi, fe repofoit à terre ;
Un Corbeau s'en faifit, l'enleve avec fa ferre ;
Comptant de faire un bon repas :
Mais à perdre la vie, il ne s'attendoit pas.
Le Reptile s'éveille, & fiflant de colere,
Dans le fein du Corbeau darde fon aiguillon,
Et lui diftille le poifon.
Le voleur quitte alors fon humeur fanguinaire,
Et dit en déplorant fon fort,
Ce que je crus un gain, fait ma perte & ma mort.

FABLE XIX.

LE LÉZARD ET LA TORTUE.

Que je te plains, pauvre Tortue,
De porter en tout lieu ta pesante maison,
S'écrioit le Lézard ! c'est un poids qui te tue.
Non, non, répondit-elle, écoute ma raison:
　　Un fardeau, quand il est utile,
　　A porter n'est point difficile.

---

* Lézard. Insecte reptile, qui a quatre pieds.
Il y a de petits Lézards dans les jardins, qui vivent, quoiqu'ils aient la queue coupée. On voit
dans les haies & dans les marécages des Lézards
verds, & d'autres gris. Le Lézard est ami de
l'homme, & fort ennemi du serpent.

**Tortue. Espece d'amphibie, ou poisson testacée, qui vit sur la terre & dans l'eau, & dont
le mouvement est très-lent. Il y a des Tortues
de mer & des Tortues terrestres. Il y en a aussi
de riviere & de marécage.

FABLE XX.

LE ROITELET ET L'AIGLE.

UN jour un Roitelet à l'Aigle demanda,
Qu'elle le fit monter aux célestes contrées,
Pour contempler l'éclat des voûtes azurées.
L'Aigle dissimulant son dépit, l'accorda;
  Mais elle la lui gardoit bonne.
* Le pauvret ignoroit qu'un des siens disputa
  Jadis à l'Aigle la Couronne,
  Et que par ruse il l'emporta.
  Monte sur mon dos, lui dit-elle,
Il s'y pose, à l'instant elle s'éleve en l'air
Jusqu'à la région où se forme l'éclat.
  Puis fortement secouant l'aile,
  Pour le faire tomber à plomb,
  Voulant le briser contre terre.
Il n'en fut pas la dupe, ayant prévû l'affaire;
  Il se ramasse en peloton,

* Allusion à la Fable 20e. du Liv. 7e.

Se laiffe aller au gré du vent & du nuage
  Qui le foutient en fon paffage :
Prêt enfin d'arriver au terreftre féjour,
Il reprend doucement de fes ailes l'ufage,
  Et terminant fon périlleux voyage,
  Il chante fon heureux retour.
  Ainfi fa prudence répare
  Le malheur où l'avoit jetté
  Son erreur, fa légereté,
Et du cruel Oifeau la vengeance barbare.

Puiffans, n'abufez pas, pour brifer les petits,
Du pouvoir que le Ciel en vos mains a remis :
  Ils trouvent contre la puiffance
  Des reffources dans leur prudence ;
Sur la force & les biens elle emporte le prix.

***

    Non folis viribus æquum
Credere, fed acri potior prudentia dextrâ.
    Valerius Flaccus.

FABLE XXI

LE LOUP ET LA BREBIS.

Un Loup, par des Mâtins bleſſé,
De faim & de ſoif épuiſé,
A demi-mort étoit giſſant par terre.
Une Brebis paſſe, il lui dit :
Va me chercher, de grace, un peu d'eau, ma
Commere,
A ce ruiſſeau prochain ; elle m'eſt néceſſaire
Pour appaiſer ma ſoif ; quant à mon appétit,
J'y pourvoirai, c'eſt mon affaire.
A ces mots la Brebis comprit
Que Maître Loup fondoit ſur elle ſa cuiſine,
Elle s'enfuit, ce fut fait ſagement.

Rien n'eſt ſi dangereux que d'aider un méchant ;
C'eſt travailler ſoi-même à ſa propre ruine.

FABLE XXII.

LE CHAT ET LE COCQ.

Un Chat avoit furpris un Cocq ;
Il alloit le croquer , fon affaire étoit *hoc* ;
　　Mais fous un voile de juftiee
　　Il voulut cacher fa malice.
Tu troubles , lui dit-il , des humains le fommeil ;
　　Tu mérites qu'on t'en puniffe ;
　N'efpere pas d'échapper au fupplice.
Moi , lui répond le Cocq, j'annonce du Soleil
Le retour gracieux & cet éclat vermeil
　　Qui rappelle l'homme à l'ouvrage ;
　　Et je fers d'horloge au village.
　　Ces propos font hors de faifon ,
Dit le Chat, ventre à jeun n'entend point de
　　raifon.

Quand c'eft un parti pris d'accabler l'innocence ,
En vain par des raifons en prend-t'on la défenfe.

FABLE XXIII.

LE VENT ET LA NUÉE.*

Depuis long-tems captif dans un roc escarpé,
  Un fougueux enfant de Borée,
  De l'antre d'Eole échappé
Rencontra dans les airs une épaisse Nuée,
Des vapeurs de la terre abondamment chargée,
Et prête à les verser dans son aride sein.
  Que fais-tu là sur mon chemin,
Lui dit-il brusquement, inutile Nuage ?
Prétends-tu t'opposer de front à mon passage ?
Toi, le jouet des vents, ce seroit bien en vain
  Que tu voudrois arrêter ma vîtesse ;
  Ignores-tu ma force & ta foiblesse ?
Voi sur ces vastes mers les débris des Vaisseaux
Que je viens de briser en soulevant les flots ;
  Voi rouler du haut des montagnes
Ces horribles débris, ces rochers détachés ;
Dans ces vastes forêts ces arbres arrachés,
  Et par mon souffle, au milieu des campagnes,

---

*Cette Fable avoit déjà paru dans mon premier
Volume, dédié à Monseigneur le Duc de Bourgogne; mais comme elle avoit été imprimée avec peu
d'exactitude, je la donne ici telle qu'elle doit être.

Ces fleurs , ces fruits , ces gazons defféchés.
Cesse de me vanter ces traits de ta puissance ,
Lui répondit la Nue , & voi la différence
De mes exploits d'avec les tiens;
Je reconnois ton affreux caractere ;
Tu ne te plais qu'à dépouiller la terre ,
Et moi qu'à la combler de biens :
Tu laisses en tous lieux des traces de ta rage ,
La défolation & la ftérilité.
Moi je répare ce dommage
En verfant l'abondance & la fertilité.
Des vapeurs de la terre inceffamment nourrie,
Je lui rends à mon tour en une douce pluie
Ses vapeurs , fes exhalaifons :
Par cette fage économie,
Elle eft dans les belles faifons
De fruits & de fleurs enrichie.

Dans ce tyran des airs on voit un Conquérant,
La Nue eft le portrait d'un Prince bienfaifant ,
Qui de fon pouvoir fait ufage
Pour rendre fon peuple content :
C'eft de la Royauté le plus noble appanage.

FABLES NOUVELLES.
LIVRE X.

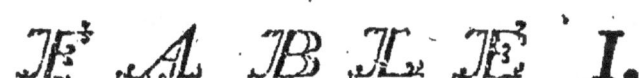

FABLE I.

LES MASQUES.

CE Monde-ci n'eſt qu'une Maſcarade ;
Où chacun prend des Maſques différens,
Où les cœurs les plus faux , à l'envi font parade
D'équité , de droiture & de beaux ſentimens.
Si pour ces dehors apparens
Le Vulgaire ſe préoccupe ,

Le Sage , pour n'être pas dupe ,
Sçait percer à travers de ces déguisemens.

Un fin & rusé Politique
Disoit un jour à ses amis ,
De mes heureux succès ne soyez point surpris ,
J'ai quinze Masques que j'applique
Tour-à-tour sur mon front, suivant le cas fortuit ;
M'annonce-t-on un personnage ?
Je couvre aussi-tôt mon visage
Du Masque qui convient pour traiter avec lui :
Tel qui me vit hier , me voit autre aujourd'hui.
Ainsi parloit ce Politique habile
Dans l'art de tromper les humains.
Pourtant il échouoit dans ses nobles desseins ,
Et souvent les succès échappoient de ses mains.
Dans une pratique contraire ,
En se montrant toujours véridique & sincere ,
Un Ministre d'Etat , * pour la Paix député ,
Parvint à conclure un Traité
Tel qu'il projettoit de le faire :
Tant du vrai les charmes vainqueurs
Ont de pouvoir & de droit sur les cœurs.

---

* Telle a été la conduite de M. de Torci.

FABLE II.

LE LION ET SON FILS.

DE regner que l'on eſt avide,

    Quand on veut regner ſur des Sots !

our un ambitieux rien eſt-il plus ſtupide

    Que de ſe plaire à recueillir leur los ? *

      Telle fut jadis la manie

      D'un jeune Lion, d'eſprit bas,

    De ſes pareils fuyant la compagnie;

Les Anes, pour ſon cœur, avoient ſeuls des

      appas.

l prit dans peu leurs airs, leurs tons & leurs

      manieres,

    Qui lui furent ſi familieres,

    Que, pour être un Ane parfait,

Il ne lui manquoit rien que de longues oreilles

    Qu'il eſt charmant, que joliment il brait !

iſoient ſes compagnons. Ah ! c'eſt fait à mer-

      veilles :

* Los, Vieux mot, qui ſignifie louange.

Si Son Alteſſe plaiſantoit ,

L'imbécile *Chorus* auſſi-tôt l'exaltoit ,

En tout elle étoit applaudie.

Enflé d'orgueil, bouffi de flatterie ,

Voilà le Roi Baudet qui ſe hâte d'aller

A la caverne de ſon Pere ,

Et devant lui voulant briller ;

En l'abordant il s'égozille à braire.

Le Lion treſſaillit : Sot , lui dit-il , ce cri

M'annonce ta lâche conduite ,

Et de ton penchant favori

Quelle eſt la malheureuſe ſuite.

Un Sot eſt toujours le premier

A montrer le défaut qui peut le décrier.

Pourquoi, répond le fils , pourquoi tant de colere?

Dans notre cercle on vante mes talens ,

On les eſtime. Hé bien! apprends,

Lui repart le Lion , ce proverbe vulgaire :

A fréquenter les Sots , on devient ſot comme

eux ,

Et ſotiſe eſt toujours le lot* des orgueilleux.

---

* Lot , ſignifie part , portion.

FABLE III.

LA TARENTULE * ET LE PAYSAN.

Un Tarentule portoit
Sur son dos sa noire couvée

---

* La Tarentule est une espece d'Araignée , qui
prend son nom de Tarente, ville de la Poüille , où
il s'en trouve beaucoup. Elle est à-peu-près de la
grosseur d'un gland , & a huit pieds , huit yeux ;
de sa bouche sortent deux especes de traits , dont
le bout est extrêmement pointu, & d'où elle jette
son venin. Leur piquure cause une douleur , qui
d'abord est à-peu-près semblable à celle qu'on res-
sent quand on est piqué par une Abeille ou par
une Fourmi , ou bien on y sent une espece d'en-
gourdissement. La partie piquée est marquée d'un
petit cercle livide , noir ou jaunâtre , qui ensuite
se change en tumeur , qui cause une douleur extrêmement vive ; peu d'heures après le patient se
sent le cœur serré , a de la peine à respirer , n'a
presque point de pouls , & est tout d'un coup privé
de toutes les fonctions naturelles. La force du venin est si grande , que nonobstant les remedes qui

Par hafard un Ruftre * paffoit ;

Elle lui dit , d'une voix élevée ,

Prends garde de marcher fur moi,

Tu détruirois ma naiffante lignée. **

Ce feroit grand dommage ! hé , qui penfoit à toi ,

Lui répond le Croquant,*** déteftable Araignée ?

---

guériffent le malade , qui a été piqué de cet Infecte , la maladie ne laiffe pas de recommencer
l'année fuivante , & tous les ans , fur-tout environ le tems où on a été piqué. Ce qu'il y a de
fort fingulier , c'eft que tous les remedes font inu-
tiles, fi on n'y joint la mufique , qui met en mouvement les membres affoupis des malades, en forte
qu'ils fe levent en danfant deux ou trois heures ,
après quoi s'étant fait frotter , ils recommencent
leur danfe , & le font ainfi pendant douze heures,
jufqu'à ce qu'ils fe fentent délivrés de tous les
fymptômes ; ce qui arrive quelquefois le troifiéma
ou le quatriéme jour , après quoi ils en font quit-
tes jufqu'à l'année fuivante. *Voy. l'Hiftoire de l'A-
cadémie des Sciences de* 1702 , p. 16.

* Ruftre. Payfan.

** Lignée. Race , enfans.

*** Croquant, nom que l'on a donné à une fac-
tion de Payfans révoltés en quelques Provinces au-

Mais

Mais puifque tu m'y fais penfer ,
De vous écrafer tous , puis-je me difpenfer ?
Pourquoi rompois-tu le filence ?
Si tu meurs , ne t'en prends qu'à ta feule impru-
dence.

N'eft-ce pas toi , dont le fubtil venin
Feroit périr le genre humain ,
S'il ne trouvoit dans la mufique
Cet admirable fpécifique *
Qui fait exhaler ce poifon ;
Lorfque , jufqu'à la défaillance ,
Le malade s'agite & danfe
Aux fons aigus du violon ?
Comme toi , fans pitié périffe
Quiconque exerce fa malice.
Il dit , & fans autre façon
Il écrafe le beftion. **
Ne fit-il pas un acte de juftice ?

---

delà de la Loire pendant la Ligue fous Henri IV.
parce qu'ils mangeoient & ravageoient tout ce qu' ils
pouvoient attraper.

* Spécifique. Reméde propre pour guérir une
maladie.

** Beftion , petite bête.   H

Trop de précaution eſt nuiſible aux méchans,

Leur prévoyance les décéle:

En voulant paroître innocens,

Ils ſe brûlent à la chandelle.

Multis ipſum

Timuiſſe nocet ; multi ad fatum

Venere ſuum , dum fata timent.

Senec. in Œdip.

FABLE IV.

LE JARDINIER ET L'ANE.

UN Ane étoit chargé de fleurs,
Qu'au marché son Maître alloit vendre;
Chacun auprès de lui s'empressoit de se rendre,
Voulant de ses parfums savourer les douceurs:
Le Baudet, avec complaisance,
Se voyant entouré d'un cortége nombreux,
Qui lui faisoit accueil, se trouvoit fort heureux.
Au retour ce fut autre chance.
Pour le profit du Jardinier,
Le soir rapportant au village
Les paniers remplis de fumier;
Chacun évitoit son passage :
Quel changement ! dit le grison ;
Quelle en peut être la raison?
Ne la sens-tu pas, grosse bête,
Lui répondit son conducteur ?
Quand tu portois des fleurs chacun te faisoit
fête,

Mais qui peut à préfent fouffrir ta puanteur?

Elle infecte & porte à la tête.

De l'aimable vertu perd-on la bonne odeur?

On n'eft plus qu'un objet d'horreur.

FABLE V.

LE GEAI ET LES HIRONDELLES.

NE faifons de mal à perfonne,
Craignons d'irriter les petits,
En ufant du pouvoir que la force nous donne ;
Souvent les foibles réunis
Sont les plus puiffans ennemis.

Un Geai * nourri dès fon enfance
Par un Seigneur dans un château,
Vivoit au fein de l'abondance,
Tous les jours c'étoit mets nouveau.
Ne fe laffe-t-on pas de trop de bonne chere ?
D'une Hirondelle ** il attaqua le nid,
Et contenta fon appétit

---

* Geai. Oifeau d'un plumage bigarré, rouge,
verd, bleu, blanc, noir & gris, & à qui on
peut apprendre à parler. Il parle & fifle comme
l'homme, & plus franchement que le Sanfonnet. Il
eft de la groffeur d'un Pigeon.

** L'Hirondelle eft un oifeau de couleur noi-

H iij

Sur la tendre couvée, en dépit de la mere;

Qui jette les hauts cris , pleure , se désespere :

Mais le Peuple Hirondelle en commun la vengea.

      Pour réussir dans cette affaire ,

Voici comme il s'y prit, & comme il s'arrangea.

Dès que le meurtrier s'avisoit de paroître ,

      Et se montroit à la fenêtre ,

      Les Hirondelles s'assembloient ;

      Et volant toutes à la file ,

      En passant, elles l'accueilloient

      De coups de bec , & le plumoient ;

Tant, que le pauvre Geai crioit & faisoit gile. *

Ce châtiment dura jusqu'au temps des frimats ,

Que l'Hirondelle part pour de plus doux climats :

N'irritons pas le peuple , ardent à sa défense ,

      Il porte à l'excès la vengeance.

───────────────────

râtre, avec une tache blanche sous la gorge , qui fait son nid dans les cheminées & aux fenêtres des maisons , & qui a si bonne vue , qu'il voit une Mouche d'un demi-quart de lieue. Les Hirondelles sont des Oiseaux de passage, qui partent en troupes au commencement de l'Automne, & vont dans les Pays chauds , d'où elles reviennent dans ces contrées au commencement du Printems.

   * Faire Gile , expression familiere , qui signifie s'enfuir.

FABLE VI.

LE RENARD ET SES PETITS.

UN Renard voyant ses petits
En état de gagner leur vie ,
Leur dit , il est tems , mes amis ,
De signaler votre industrie :
Choisissez un métier , qui vous rende beaucoup.
C'est , répond l'aîné de la bande ,
Celui , m'avez-vous dit , du Lion & du Loup ;
Chaque jour , à son maître il rend bonne pro-
vende. *
Faites-le-nous apprendre. Etes-vous assez forts ,
Répond le pere ? outre l'adresse ,
Pour un métier de cette espece ,
Il faut de la force du corps ,
De la fermeté , du courage ,
Et ce n'est-là notre partage.

---

* Provende. Provision de vivres.

Mais je vous apprendrai tout le fin de mon art,

Tout ce que doit fçavoir le plus rufé Renard,

Chaffer au Liévre , attraper la Poularde

Sans la faire crier ; prendre Canards , Oifons,

Malgré des chiens la vigilante garde.

C'en eft affez pour vous : en fuivant mes leçons,

Vous trouverez fortune en toutes les faifons.

Tandis que la troupe timide

L'écoutoit d'une oreille avide ,

Des Chiens & des Chaffeurs , tout-à-coup dans les

bois

S'élevent de bruyantes voix.

En ce péril , que faut-il faire ,

Dit-elle , mes enfans ? c'eft de nous enfuir tous.

Mais où nous raffemblerons nous ?

Hélas ! je n'en fçais rien , leur répondit le pere;

Peut-être , pour notre malheur ,

Ce fera , ne pouvant mieux faire ,

Dans la boutique d'un Fourreur*.

Qui fait métier de volerie ,

Tôt ou tard y perdra la vie.

---

* Fourreur. On appelle à Paris Fourreurs , les
Marchands Pelletiers.

FABLE VII.

LA VIEILLE POULE ET LE JEUNE COCQ.

Contraignez votre fils, obligez votre éleve
De suivre les sentiers de l'austere vertu,
  Vous serez bientôt convaincu
  Que nous sommes tous enfans d'Eve.
Certain penchant est-il par la loi combattu?
  On brûle de le satisfaire.
  Tel objet est-il défendu?
  Il paroît plus digne de plaire,
  Tant notre cœur est corrompu.

Dans une basse-cour une tendre couvée
De Poussains nouveaux nés, par la mere élevés,
Trouvoit abondamment à remplir ses besoins;
La Poule, à les garder, employoit tous ses soins;
Mais un d'eux, par malheur, s'étant écarté d'elle,
  Et voulant essayer son aile,
S'élance au bord d'un puits, glisse & tombe dedans.
  C'en fut fait en quelques instans.
La Mere en ressentit une douleur mortelle.

     H v

Au même endroit, & quelques jours de-là ;
Un jeune Coq s'offre à sa vue,
C'étoit un de ses fils ; la Poule l'appella.
Se sentant de tendresse émue,
J'ai, lui dit-elle, un avis important
A vous donner, c'est, mon enfant,
De n'approcher jamais de ce puits homicide,
Il recéle en son sein un ennemi perfide,
Qui, pour pouvoir vous dévorer,
Dans ce goufre maudit sçaura vous attirer.
Un de mes fils, hélas ! vient d'y perdre la vie ;
Le jeune Cocq la remercie,
Proteste d'être obéissant ;
Le jure même, & cependant
De s'approcher du puits il n'a que plus d'envie.
Les yeux fixés sur cet unique objet,
Pourquoi, dit il, me faire ce mystère ?
J'en veux pénétrer le secret.
A quoi bon, après tout, cet ordre de ma mere ?
Quoi donc, me croit-elle sans cœur ?
D'une femme sied-il d'adopter la frayeur ?
Non, volons au danger, & montrons du courage,
Il saute sur le puits, se baisse, voit l'image

D'un Coq , c'étoit la sienne , il le croit très-réel ,

    Et lui présente le Cartel ; *

    La colere enfle son plumage,

L'image , en l'imitant , l'irrite davantage :

    Il menace , il est menacé ;

Enfin ne pouvant plus retenir sa colere,

    Sur son rival imaginaire

Il fond, comme un éclair : mais l'image à l'instant

Disparoît à ses yeux. Alors en se noyant ,

    Voilà , dit-il , quel est l'effet de la défense ;

Elle produit en nous la désobéissance ;

Nous avons tous au mal un funeste penchant.

Nitimur in vetitum semper , cupimusque negata.

                Ovide.

---

* Cartel. Défi pour se battre.

FABLE VIII.

LES DEUX ENFANS.

Deux Enfans, l'un niais, l'autre matois & fin,
  Etant entrés dans un Jardin,
S'y fournirent de noix : quand ce vint au partage,
Ils les caffent : l'un d'eux prend pour fa part le bon,
   Et vous laiffe à fon compagnon
   Les coquilles pour tout potage ;
   Celui-ci fe voyant dupé,
   Dit, ne crois pas qu'on m'y reprenne ;
   Je ne ferai plus attrapé.
A quelques jours de-là furvient nouvelle aubeine ;
Des Olives, pour lui c'étoient fruits inconnus.
C'eft à moi de choifir, dit-il, gaiment à l'autre,
Je retiens le dedans ; foit, dit le bon Apôtre,
Le Sot eut les noyaux, & partant, je conclus,
   Que fans l'efprit & la prudence
  A rien ne fert d'avoir l'expérience.

FABLE IX.

LE BOUC SANS BARBE.

UN Bouc * auffi fat, auffi vain,
Qu'aucun Animal puiſſe l'être,
Se rouloit, lorſqu'il alloit paître
Sur la Marjolaine & le Thim,
Se parfumoit, contemploit ſa figure
Avecque complaiſance au cryſtal d'un ruiſſeau,
Et ne voyoit rien de ſi beau
Que ſon portrait dans toute la nature.
Un jour pourtant ſa barbe lui déplut;
Qu'elle ſied mal, dit-il! elle ajoûte à mon âge
Dix ans de plus & davantage;
De la couper il réſolut.
Le voilà donc qui court au Barbier du village;
Un Singe exerçoit ce métier,

---

* Bouc. Bête à cornes, qui eſt le mâle de la Chèvre. Les Boucs deſſéchent & font mourir toutes les plantes où ils mettent les dents.

Et paſſoit pour très-bon Barbier:

Il lui lave auſſi-tôt & la tête & la face ,

Et le raſe avec tant de grace ,

Qu'il ne lui laiſſe pas un ſeul poil ſur la peau ,

Et le Bouc va tout fier rejoindre le troupeau ,

Où chacun étonné lui fait laide grimace.

Qu'eſt-ce donc , lui dit un d'entre eux ?

D'où te vient ce malheur ? quelles mains ennemies

T'ont mis dans cet état honteux ?

Le fat , en ſouriant , & d'un air dédaigneux ,

Quelles ſont aujourd'hui les Nations polies ,

Répond-il à ſon tour , qui gardent au menton

Ce poids ridicule ? Veut-on

Que nous conſervions ſeuls cet uſage barbare ?

Avec cet ornement biſarre

Nous ſommes bafoués des grands & des petits,

Chacun nous pourſuit à grands cris.

On nous prend à la barbe , & de mille huées

Sans ceſſe nous avons les oreilles tuées.

Pour moi j'ai coupé court à ces ſortes d'affronts,

Alors en grave perſonnage

Un des chefs lui tint ce langage :

Eh quoi ! ſi tu ne peux ſupporter les diſtons ,

Et d'un peuple léger quelques fades faillies ,
 Qui n'ont pour toi rien de particulier ,
  Comment d'un ttoupeau tout entier
  Souffriras-tu les railleries ?

Amis , pour vivre en paix avec nos compagnons,
  N'affectons rien de ridicule.
Veut-on fe fignaler par des diftinctions ,
  On avale mainte pillule.

FABLE X.

LES ABEILLES ET LEUR MAÎTRE.

UN riche Villageois avoit nombre d'Abeilles
D'un excellent rapport, il en prenoit grand soin;
  Son commerce alloit à merveilles.
Un jour qu'il fut absent, elles étoient au loin,
  A picorer dans les prairies;
  Un voleur vient, enleve maint rayon,
   Laisse les ruches dégarnies,
   Et met tout en confusion.
Le Maître de retour, témoin de ce ravage,
   Gémit; mais sans perdre courage,
Travaille de son mieux à réparer le mal.
   L'empressement lui fut fatal.
   Sur le déclin de la journée,
   La troupe au gîte retournée,
   Du dégat le croyant auteur,
A grands coups d'aiguillon l'attaque avec fureur.
  Quoi, dit-il, race ingrate & cruelle,
Tandis qu'à vous servir je m'employe avec zele,

ous dardez contre moi des aiguillons perçans?
Vous ne méritez pas la peine que je prends.

Veut-on rendre un service , & qu'il soit agréable,
Il faut prendre un tems favorable ;
Mais le rend-on à contre-tems ,
C'est s'exposer à de durs traitemens.

FABLE XI.

LE CHAPON ET L'EPERVIER.

UN gros Chapon du Mans *, renfermé dans sa
mue, **
Vit un jour près de lui s'abattre de la nue
Un Oiseau maigre & sec, c'étoit un Epervier :***
Comme le Manceau **** prisonnier
Se sentoit à couvert de sa cruelle serre,
Sur sa maigreur il voulut le railler.
Quoi donc, as-tu cessé, lui dit-il, pauvre Hére *
De lever ton tribut sur les autres Oiseaux ?

* Du Mans. Capitale de la Province du Maine.
** Mue, espece de cage sans fond.
*** Epervier. Oiseau de proie, qui est la femelle du Mouchet. On lui fait voler les Faisans,
les Perdrix, les Cailles, & en quelques lieux le
Merle, l'Etourneau, la Grive, la Pie & le Geai.
**** Manceau, Habitant de la ville du Mans,
ou de la Province du Maine. Elle est renommée
pour la volaille, qu'on y nourrit, & qui est excellente.

A te voir , il paroît que tu fais mince chere.

Tu ne me tiendrois pas de semblables propos ,

Lui répond l'Epervier , si tu n'étois en cage ,

   Ou tu pairois chex tes bons mots.

Mais voyons qui de nous a le meilleur partage ,

   Compensons les biens & les maux.

Je suis libre , & tu vis dans un dur esclavage ;

Je suis maigre , est-ce un mal ? n'est-on pas plus

   dispos

Pour chasser aux Faisans , aux Cailles , aux Per-

   dreaux ?

Sors , lâche , & tu verras si j'ai bon ordinaire ,

   Je te croquerai jusqu'aux os.

   Quant à toi , ton unique affaire

   Est de t'engraisser sans rien faire.

Te crever de mangeaille est ton plus bel emploi ,

   Et ton énorme corpulance

   Fait l'objet de ta complaisance ;

Mais si tu raisonnois , quel seroit ton effroi ?

Ton Maître ne te fait vivre dans l'abondance

   Que pour hâter ton triste sort ,

Plus ta graisse s'accroît , plus s'avance ta mort.

Telle eſt des Sots la manie ;

Leur orgueil ſe glorifie

De leur propre deshonneur ;

Leur fatuité s'appuie

Sur ce qui fait leur malheur.

FABLE XII.

LES CERFS, LES BŒUFS ET LE SANGLIER.

DES troupeaux de Bœufs & de Cerfs
Vivoient depuis long-tems en bonne intelligence,
Dans des pâturages couverts
Par l'ombrage d'un bois immense ;
La paix entre eux ne put toujours durer,
Et l'intérêt vint enfin l'altérer.
Pourquoi dans nos forêts venez-vous en pâture,
Dirent les Cerfs aux Bœufs, quel droit en avez-
vous ?
Allez paître en vos prés, les forêts sont à nous;
Nous les tenons de la Nature.
A ce discours un vieux Bœuf répondit :
Ces forêts sont à notre Maître,
Partant nous avons droit d'y paître ,
Et nous nous défendrons, si l'on nous contredit.
Mais plutôt nommons des Arbitres,

Qui nous mettront d'accord , nous jugeant fur nos
    titres.

Cet avis plut aux Cerfs , ils nomment le Renard ;

Les Bœufs choififfent l'Ane & le Loir de leur part.

    C'étoient gens de leur connoiffance.

Un Sanglier entendit , en paffant ,

    Le réfultat de cette conférence:

Que ce trio* , dit-il , en les raillant ,

Va prononcer une belle fentence !

    Le Baudet eft un ignorant ;

    Le Loir ** un maître fainéant ,

    Qui dort les trois quarts de l'année ,

Et le Renard un fripon , un méchant :

Que c'eft en bonnes mains mettre fa deftinée !

    Etre Juge eft un bel emploi ;

---

    * Trio. Ce mot fe dit des perfonnes , & veut dire
trois perfonnes.

    ** Loir. Rat des Alpes , animal qu'on croit en
dormi tout l'hiver dans le creux des arbres. De-là
vient qu'on dit d'un homme bien endormi , qu'il
dort comme un Loir. Les Loirs font mis au rang
des Rats ; ils ont le mufeau aigu , la queue longue
& le ventre gros.

Veut-on le faire avec décence ?

Il faut à l'amour de la loi

Joindre la probité, le travail, la fcience.

Diligite juftitiam, qui judicatis terram.

Sag. c. 1. v. 1.

Erudimini, qui judicatis terram. Pf. 2. v. 10.

Qui juftificat impium, & qui condemnat juf-
tum, abominabilis eft uterque apud Deum.

Prov. c. 17. v. 15.

FABLE XIII.

L'Aigle et les jeunes Corbeaux.

UNE Aigle s'étant apperçue
Que ses petits dégénéroient
Pour la plûpart, & ne pouvoient
Du soleil soutenir la vue ,
Forma le dessein de couver
Des œufs de Corbeaux dans son aire ,
Avec les siens, & d'éprouver,
Par ses soins à les élever ,
Ce que les petits pourroient faire.
Ayant fait passer dans leur cœur
Par sa chaleur vivifiante
Son courage & sa noble ardeur ,
Le succès suivit son atten e.
Leurs regards fermes & brillans
Lui donnerent grande espérance ;
Mais au sujet de ses enfans,
Il ne lui vint que défiance.

Dès

Dès qu'elle les vit un peu forts,
Pour s'assurer si le courage
Pourroit être leur appanage,
Elle les mit un jour dehors.
Les Corbeaux volerent alors,
Sans jamais se séparer d'elle,
Droit au soleil à tire d'aile,
Le regardant avec fierté :
Les Aiglons, un seul excepté,
Aux vifs rayons de sa lumière,
Fermerent leur foible paupiere ;
Et leurs ailes sans fermeté
Les trahirent dans la carriere ;
L'un sur l'autre fut culbuté.
Dans un marais ils s'abattirent,
Et faute d'aide ils y périrent.
L'Aigle ne voulant pour ses fils
Les avouer, malgré leurs cris ;
Non, je ne suis point votre mere,
Leur dit-elle d'un ton sévère ;
Mes vrais enfans sont courageux :
Pourquoi n'êtes-vous pas comme eux?

I

Nobles , que votre orgueil s'abaisse ;

La valeur est un don des Cieux.

Il se trouve dans tous les lieux

Des lâches parmi la Noblesse ,

Et des Roturiers généreux.

Quis enim generosum dixerit hunc , qui indignus genere & præclaro nomine tantùm insignis?

Juvenal , Sat. 8.

Malo pater tibi sit Thersites , dum modò tu sis
Æacidæ similis , vulcaniaque arma capessas
Quam te Thersitæ similem producat Achilles.

Juvenal , ibidem.

FABLE XIV.

LA FEMME ET LE CHARLATAN.

FEMME, sur le déclin, croyoit perdre la vue :
Non, dit un Charlatan ; & fût-elle perdue,
Je vous rendrai bien-tôt l'œil sain, net & brillant:
    Mais dans le cours du pansement
    Il enleva tout le ménage.
La femme étant guérie, apperçut ce dommage :
    Ah ! dit-elle, c'est maintenant
    Que mes yeux souffrent davantage,
En voyant que ce traître a pillé ma maison.
    Le Charlatan, sur le haut ton,
    Crioit, payez mon honoraire.
    Alors la vieille lui répond :
    Ne t'es-tu pas payé, fripon ?
Si tu n'es pas content, la hard * soit ton salaire,

---

* Hard, ou hart est un lien de fagot. Ce mot
signifie aussi la corde dont on étrangle quelqu'un.

Ne comptez pas trouver des cœurs reconnoiſſans,

    Mortels, quand par vos injuſtices,

  Vous terniſſez l'éclat de vos ſervices.

    Pour inſpirer des ſentimens ,

    Dans vos bienfaits ſoyez conſtans.

FABLE XV.

LE PAPILLON ET LE LIMAÇON.

Tout fier de sa métamorphose,
Un Papillon nouvellement éclos,
Au soleil, dans un vaste enclos,
Se panadoit * sur une rose.
Bouffi d'orgueil, il admiroit
Le spectacle pompeux de ses ailes brillantes.
Non loin de-là, sur le gazon,
Son ancien ami, certain vieux Limaçon,
Dont il avoit déjà perdu la connoissance,
Se traînoit lentement, cherchant sa subsistance,
Chargé du poids de sa maison ;
Il l'apperçoit, & crie, enflammé de colere,
Au Jardinier : Pourquoi, vous qui travaillez tant

---

* Se panader, se carrer, marcher avec une sorte
de gravité fiere, en faisant montre de ce qu'on a
de plus beau.

A la culture de la terre ,
Laiſſez-vous ſubſiſter ce reptile gourmand ?
Ecraſez ſans pitié ce monſtre dévorant,
Le fléau des Jardins: ſi vous le laiſſez faire ,
Rien échappera-t-il à ſa cruelle dent ?
Qu'un faquin parvenu devient vain , impudent,
Lui dit le Limaçon ! Quelle eſt ton arrogance ?
Si tu n'avois laſſé ma patience
Par maint outrage redoublé ,
Euſſai-je jamais dévoilé
La baſſeſſe de ta paiſſance ?
Qu'eſt-ce , dis-moi, qu'un Papillon ?
Une Chenille un peu parée ,
Qui des humains eſt abhorrée :
Voilà ta noble extraction.
Je ſuis né , je l'avoue , un groſſier Limaçon ;
Je mourrai tel ; mais toi , Chenille venimeuſe ,
Vil inſecte & de bas aloi ,
Tu n'auras pour enfans dans ta race nombreuſe
Que des Chenilles comme toi.

Qu'un faquin s'oubliant juſques à l'inſolence ;
Soit puni de ſa vanité ;
En le faiſant rougir de ſon obſcurité ,

On lui doit cette récompense :
C'est justice, & non pas vengeance.

Asperius nihil est humili, cùm surgit in altum,
Cuncta ferit, dùm cuncta timet, desævit in omnes.
Claudian. lib. 1. *in Eutrop.*

FABLE XVI.

LE SINGE, LE CERF ET SON FAON.

UN Singe badinant avec un jeune Fan,
 Ce jeu fut d'abord innocent ;
 Mais le Singe plein d'artifice,
Ne put long-tems retenir fa malice.
 Appuyant la griffe & la dent,
 Il bleffa l'autre jufqu'au fang ,
 Et lui fit quitter l'exercice.
 Le Fan bleffé , court en pleurant ,
 Porter fes plaintes à fon pere ;
 Et tout furieux de colere ,
 Lui dit , en lui montrant fon dos ,
Si vous laiffez cette offenfe impunie ,
Le Singe déformais me fera mille maux :
 Vengez-moi , défendez ma vie ,
 Et mettez mes jours en repos.
Le Cerf prend feu d'abord ; mais cherchant la
 bleffure ,
 Il ne voit qu'une égratignure.

I

Il tance alors son fils, le traite d'imprudent,
 Et le renvoie, en lui difant :
 Quoi ! pour une légere offenfe
 Doit-on s'expofer au danger ?
 S'il faut périr pour fe venger,
 Périffe à jamais la vengeance.

FABLE XVII.

LA TRUIE ET LA CHÈVRE.

UNE Truie * ayant apperçu
Grand mouvement dans le ménage
de son Maître, Fermier cossu,**;
Pour les apprêts du Mariage
De l'aîné de ses fils, nouvellement conclu,
Dit à la Chèvre ***, son amie:
Ceci me semble mal pour nous & nos petits;
Il pourroit bien nous en coûter la vie :
Sur ce cas dis-moi ton avis.
En attendant que la noce soit faite,
Ne nous faudroit-il pas chercher une retraite
Dans les bois? Selon moi, c'est le plus sûr moyen
De reculer du moins ton trépas & le mien.

---

* La Truie est la femelle du Verrat.

** Cossu, riche, à son aise.

*** La Chèvre est la femelle du Bouc.

Défais-toi de cette penſée,

Lui répondit la Chèvre plus ſenſée.

Commere, que gagnerions-nous

En fuyant dans les bois ? c'eſt nous livrer aux
Loups.

Au danger évident eſt-il de la prudence

De s'expoſer, pour fuir un danger incertain ?

Laiſſons agir la Providence ;

Une trop vive prévoyance

Hâte ſouvent notre deſtin.

Non ſollicitæ poſſunt curæ
Mutare rati ſtamina fuſi.
Quidquid patimur, mortale genus :
Quidquid facimus, venit ab alto.

Senec. in Œdip.

Solvite mortales animos, curaſque levate ;
Tótque ſupervacuis vitam deflete querelis ;
Fata regunt orbem, certâ ſtant omnia lege ;
Longaque per certos ſignantur tempora curſus.

Manil. lib. 4. Aſtronom.

FABLE XVIII.

LES DEUX EPAGNEULS.

GUÉRISSEZ les humains de la prévention,
Et bannissez l'esprit de contradiction,
　　　Vous aurez réformé la terre.

Deux Epagneuls servoient deux Maîtres différens,
　　　　Qui tous deux ne s'accordoient guères :
Les Chiens, à leur exemple, étoient toujours en
　　　　guerre,
　　　Se déchirant à belles dents :
　　　Quand l'un faisoit fête aux passants,
L'autre les aboyoit, s'il ne pouvoit pis faire,
　　Et chaque jour s'attiroit quelque affaire,
　　　A force d'agacer les gens.

De maints Auteurs tel est le caractère :
De plaire à l'un est-on assez heureux,
　　On est pour l'autre un objet de colere ;
Que ne s'en tiennent-ils à s'escrimer entr'eux ?

FABLE XIX.

LA LIONNE ET LA BREBIS.

UNE Lionne dans un bois
Prit une Brebis égarée,
Qui comptoit d'être dévorée ;
Mais la Lionne, cette fois,
Pour la pauvrette fut touchée
Des sentimens de la pitié,
Et la prit même en amitié.
Voulant se la rendre attachée,
Elle la tint au fond de son antre cachée,
Parmi les restes effrayans
Des cadavres hideux, infects & dégoûtans.
Dont la caverne étoit jonchée.
La Brebis ne pouvant en supporter l'odeur,
Se consumoit dans la langueur,
Et n'osoit au dehors pousser la moindre plainte ;
Tant étoit dure sa contrainte.
Elle se disoit dans son cœur :

Quel déplorable fort d'être forcé de craindre
Jufqu'au foulagement, que l'on trouve à fe plaindre!
    Ah! c'eſt le comble du malheur.

    Sous un bon Prince on vit tranquille ;
    De la paix ſa Cour eſt l'aſyle.
Toujours ſous un Tyran on féche de frayeur.

FABLE XX.

LE CHIEN ET LE CUISINIER.

Un Mâtin , par la faim preſſé ,
Chez ſon Maître s'étant gliſſé
Furtivement dans la cuiſine ,
Se faiſit d'un Poulet , & fut dûment roſſé :
Une grêle de coups tomba ſur ſon échine.
        Quand il vit l'orage appaiſé ,
Il dit au Cuiſinier : Quelle eſt votre injuſtice ?
Chaque jour , par le Chat , vous êtes redreſſé ,
Il vous vole , il s'enfuit ; jamais de ſa malice
Vous ne le puniſſez. Oh! dit le Fricaſſeur ,
        Entre vous deux grande eſt la différence ;
        De ſa nature il eſt voleur ,
Il vit de ſon métier , & c'eſt ſans conſéquence :
Mais toi , n'es - tu pas fait pour être , en tout
        honneur ,
        Gardien des biens de ton Maître ?
Les dérober , c'eſt le crime d'un traître.

En peut-on trop punir l'auteur ?

Ne te plains pas de ma rigueur.

Apprends qu'en tout pays la constante pratique,

Est de punir de mort le voleur domestique.

Te battre est user de douceur.

FABLE XXI.

LES GRENOUILLES ALTÉRÉES.

PENDANT les chaleurs de l'Eté,
Deux Grenouilles voyant sécher leur marécage,
Se mirent ensemble en voyage,
Pour chercher quelque étang dans un fond écarté.
Après avoir long-tems trotté,
Elles trouvent sur leur passage
Un puits bien rempli d'eau. L'allégresse à l'instant
S'empare de nos voyageuses ;
Mais de l'une sur-tout. Que nous sommes heureuses,
S'écria-t-elle ! ô puits charmant,
Tu fais de nos desirs l'espoir le plus touchant.
Compagne, allons, sans plus attendre,
Pour nous désaltérer, il nous y faut descendre,
Rien ne doit retarder notre soulagement.
Modere ton ardeur, ne sois pas si pressée,
Lui répond l'autre plus sensée ;
Si ce puits venoit à tarir,
Sçais-tu le moyen d'en sortir ?

Le tout n'eſt pas dans une affaire
De commencer : mais le point néceſſaire
Eſt de ſçavoir le moyen de finir.

Iſthùc eſt ſapere, non quod ante pedes modò eſt
Videre, ſed etiam illa quæ futura ſunt proſpicere.
　　　　　　　　　　　　Térence Adelph.

FABLE XXII.

LA CHOUETTE*, LE CHAT ET LA CHAUVE-SOURIS.

SOus le toit avancé d'une Tour élevée
Une Chöuette avoit dépofé fa couvée ;
Les œufs étoient éclos, un Chat s'en apperçut ;
Et dans l'inftant le deffein il conçut

---

* Chöuette. Oifeau de nuit , efpece de Chat-
huant & de Hibou. Elle eft de la grandeur d'un
Pigeon ramier , avec un plumage tanné & blanchâtre ; elle fait fon nid dans le creux des arbres,
ou dans les trous des murailles ; elle eft ennemie
des petits oifeaux; elle fe nourrit de Lézards , de
Souris , de Grenouilles ; elle a le bec courbé , fes
ongles font crochus , aigus & noirs. La Chöuette
prend les Souris dans les granges & les maifons,
comme les Chats; elle vit de petits Oifeaux qu'elle attrape la nuit. Lorfque la Chöuette eft repue ,
elle fera trois jours fans manger , & quelquefois
jufqu'à neuf : elle eft fort utile aux Chaffeurs pour
prendre toutes fortes d'Oifeaux , & c'eft un fort

D'enlever les petits , & d'en faire curée.

Il n'y manqua : pour lui ce fut proie affurée.

Dès que la mere , au milieu de la nuit ,

Sans défiance, eut quitté fon réduit ,

Pour aller chercher pâture

A fa tendre géniture ;

Le voleur grimpa fans bruit ,

Et prenant les petits au gîte ,

Du haut en bas les précipite ,

Ils font bientôt expédiés;

Il n'y refta que la tête & les pieds.

La mere , au matin , revenue ,

Fut bien furprife en voyant ce dégat ;

Elle n'en put foupçonner que le Chat.

Alors furieufe , éperdue ,

Elle s'emporte , & lui dit : Scélérat ,

Que t'avois-je donc fait ? que t'a fait ma lignée ,

grand divertiffement de voir comme ils lui font la guerre. Lorfqu'elle fe voit environnée & preffée de tous côtés , elle fe couche fur le dos , & ne fait plus paroître que fon bec & fes griffes. Il y a fympathie entre le Faucon & la Choüette; lorfqu'il voit que les autres lui font la guerre , il vient à fon fecours & la défend.

Pour être à ta fureur ainsi sacrifiée ?

N'est il pas d'autres mets , propres à tes repas ?

Ne sçais-tu pas que la Nature

T'a donné , comme à nous , la même nourriture ;

Les Moineaux , les Souris , les Rats ?

En combien d'autres points nous rend-elle sem-

blables ?

Et toi , cruel , tu viens par tes coups détestables

Troubler l'union & la paix

Qui devoit entre nous subsister à jamais.

Comme le Chat alloit répondre ,

Une Chauve-Souris* leur dit, pour les confond

Vous ne pouvez former que des liens trompeu

---

* Chauve-Souris. Petit oiseau nocturne , dont les ailes , au lieu de plume , sont de peau & de cartilage. Il ressemble à une Souris ; il n'a ni bec, ni plume. La Chauve-Souris se sert des deux pieds de devant pour voler , c'est-à-dire , pour étendre ses ailes qui y sont attachées. Elle ne s'apprivoise jamais : elle vit de Mouches, de choses grasses , comme de chandelle , de graisse & de chair. El' portent leurs petits ainsi que les bêtes à quat pieds, & les nourrissent à la mammelle. Les Chat ves-Souris ne paroissent que la nuit , encore n'est ce que quand il fait chaud, & que le tems est beau

Apprenez que la Providence
Ne souffre point qu'entre voleurs
Regne une bonne intelligence,
Il en suivroit trop de malheurs.
Mais toi , dit-elle , à la Chouette,
Quelle est ton injustice & ta rage indiscrette ?
Tu te plains que le Chat a croqué tes enfans ,
As-tu donc oublié que depuis peu de temps
Tu dévoras les siens avec même artifice?
Egalement fripons l'une & l'autre , en malice
Vous ne vous cédez rien : allez , vivez contents.

Entre voleurs point de sûre alliance ;
Comme l'intérêt propre est leur unique loi ,
Ils ne peuvent entre eux garder la bonne foi ,
Et la bonne foi seule établit l'assurance.

FABLE XXIII.

LE GEAI DANS UNE CAGE DORÉE.

UN Geai fut élevé dans un chétif Village ;
Et dès que certains mots il sçut balbutier ,
À la Ville porté chez un gros Financier,
Il fut mis aussi-tôt en cage,
En cage bien dorée & d'un bel ornement.
Lorsqu'il se vit ainsi logé superbement,
Il se crut un grand personnage ;
Ce qui flattoit le plus sa sotte vanité,
Etoit de voir le peuple , en passant, arrêté:
Lorsqu'on mettoit la cage à la fenêtre,
De ce spectacle aimer à se repaître ,
Rire & s'en divertir. Il crut qu'on l'admiroit ;
Il s'admiroit lui-même, & de peur de paroître
Ingrat , ou fier , il saluoit
Les passans , & les honoroit
De quelques panchemens de tête.
Quelqu'un choqué de voir ses airs impertinens,

Son orgueil , & son peu de sens,
Lui dit : Stupide oiseau , peut-on être assez bête
Tant belle soit une maison ,
De s'en glorifier , quand c'est une prison ?
C'est de toi qu'on se moque , & du Maître peu
sage ,
Qui, pour orner ta geole *, a prodigué son or :
Mais écoute , & retiens , si tu peux , cet adage, **
Rien n'est si dur que l'esclavage ,
La liberté fait notre vrai tréfor.

---

* Geole , prison. Prononcez *jole* ; d'où vient le
mot de Geolier , garde d'une prison.
** Adage , proverbe , sentence populaire &
commune.

FABLES NOUVELLES.

LIVRE XI.

FABLE I.

LA MODE.

Serons-nous donc toujours esclaves de la
  Mode ?
  Et dans toutes nos actions
  Ne suivrons-nous d'autre méthode
  Que nos folles préventions ?
Nous verra-t-on sans fin, jouets de l'inconstance,
Abandonner demain par dégoût, par ennui,

Ce que nous prifons aujourd'hui?
Etourderie, inconféquence,
Frivolité, Marotte * de ce tems,
Combien n'avez-vous pas enforcelé de gens?
Puiffent-ils fe guérir de cette extravagance!

Un Peintre, pour marquer les inclinations
Des différentes Nations,
Par l'air & les habits peignoit leur caractère;
Mais voulant du François tracer l'humeur légere,
Son amour de la Mode & des habits nouveaux,
Après bien des efforts, ne fachant comment faire,
Il le préfenta nud, & fe tira d'affaire,
En lui mettant en main l'étoffe & les cifeaux.

---

* Marotte, c'eft un bâton, au bout duquel il
y a une petite figure en forme de Marionnette,
coëffée d'un bonnet de différentes couleurs, &
entourée de grelots. C'eft la marque de la
folie.

Marotte fe dit d'une paffion violente, d'une fantaifie, ou d'un attachement qui approche de la
folie; chaque fou a fa Marotte.

Quand la Mode prévaut, quand le luxe domine,

(Ne vous déplaise, beaux esprits,

Qui les vantez dans vos écrits)

L'état le plus brillant panche vers sa ruine.

FABLE II.

LE CHIEN-COUCHANT ET LA PERDRIX.

LE nez au vent & la tête élevée,
Un Chien-couchant, parcourant un Gueret*,
Tout-à-coup de Perdreaux une tendre couvée,
Par l'ardent quêteur est trouvée :
Il s'avance à pas lents, & forme son arrêt.
La mere, à qui l'expérience
Avoit donné de la prudence,
Avertit ses enfans, ils gagnent la forêt ;
Mais elle crut, avant que de partir de l'aile,
Devoir tancer cet espion rempant.
Esclave Adulateur des hommes, lui dit-elle,
De leurs plaisirs vil instrument,
Tu deshonores ton espece.
Les Chiens ont, en naissant, un cœur droit, cou-
rageux :

---

* Gueret, Terre que l'on seme de deux ans l'un.

Avant qu'ils eussent la bassesse
De se prêter à des projets honteux ,
Ils étoient vrais amis , ennemis généreux :
Mais aujourd'hui rien n'est si rare ,
Les nobles sentimens sont étouffés en eux.
Que la gent rustique est ignare ,
Dit le Chien , d'un air dédaigneux !
A la Ville, à la Cour, on connoit mon mérite:
Tu le vois, c'est ce qui t'irrite.
L'art de flatter les Grands a sçu me rendre heureux
Je dois à leur faveur le bonheur de ma vie.
Hé ! que m'importe à moi que j'excite l'envie ,
Quand j'ai tout à souhait? C'est aux foibles esprits
De penser autrement. Ah ! répond la Perdrix ,
Le sordide intérêt , la basse flatterie ,
Ne sont dignes que de mépris.
Adieu, je cours à mes petits.

―――――――――――

Qui corripit hominem , gratiam posteà inveniet apud eum , magis quàm ille , qui per linguæ blandimenta decipit. *Prov. c.* 28. *v.* 23.

❊

FABLE III.

LA PIERRE PHILOSOPHALE.

CHEZ les humains chacun a sa folie,
Qui ne diffère en eux que du plus ou du moins;
Mais en est-il d'autre que l'Alchymie *,
Plus propre à consumer & leurs biens,& leurs soins?
J'en appelle à l'expérience.
Le Grand-Œuvre conduit tous ces ardens Souffleurs**
A la plus extrême indigence,
Et quiconque prend confiance
A leur art séduisant, à leurs discours trompeurs,

---

* L'Alchymie est la Science qui apprend la transmutation des Métaux.

** Souffleur se dit d'un chercheur de Pierre Philosophale, qui a un fourneau, & qui convertit son bien en charbon, à la persuasion de quelques Charlatans, qui lui font entendre qu'ils ont de beaux secrets.

De la Pierre Philofophale * ,

Un Adepte ** fort entêté ,

Fit fon étude principale

De chercher ce fecret de tout tems fi vanté,

Et qu'on n'a jamais éventé.

Il y perdit tout fon bien & fa peine.

Se voyant fans reffource , il dit à fes amis :

Nous ferons bientôt enrichis ;

Je travaille au Grand-Œuvre , & ma chance*** eft

certaine ,

Pour peu d'argent je le finis ;

Si vous me procurez ce modique avantage ,

Comptez fur ma parole , avec vous je partage

De mon travail l'heureux produit :

Il fait fi bien qu'il les engage ,

---

* On appelle en Chymie le Grand - Œuvre , la
Pierre Philofophale , que l'on cherche depuis fi
long-tems , & que l'on ne trouvera pas. C'eft la
prétendue tranfmutation des Métaux.

** Adeptes , noms de certains Alchymiftes ,
qui prétendent avoir trouvé le fecret de la tranfmutation des Métaux, ou de la Pierre Philofophale.

*** Chance , c'eft-à-dire , bonheur , fortune.

Leur met à si haux prix le droit d'apprentiffage;
Qu'à l'hôpital il les réduit.
La déroute fut confommée,
L'or & l'argent s'étoient diffipés en fumée.

A cet art, comme au jeu, lorfqu'avec paffion;
Pour devenir riche, on s'occupe,
» On commence par être dupe,
» On finit par être fripon. *

---

* Ces deux Vers font de Madame *Deshoulieres*;
fur le Jeu. Ils ont ici une jufte application.

FABLE IV.

LE ROSSIGNOL ET L'HIRONDELLE.

UN jour la tendre Philomele *
Ayant trouvé sa sœur , la volage Progné,
(Ainsi les Grecs ont désigné
Le Rossignol & l'Hirondelle)

---

* Philomele , fille de Pandion , Roi d'Athènes,
étoit sœur de Progné , femme de Terée , fils de
Mars , & Roi de Thrace. Ce Prince conçut une
violente passion pour Philomele , sa belle-sœur,
& la satisfit ; mais afin que Philomele ne pût déclarer la violence qu'il lui avoit faite , il lui fit
couper la langue , & envoya cette malheureuse
Princesse à la Cour du Roi Lincée. Lætusé', femme de ce Prince , trouva moyen de faire conduire
Philomele à Progné. Elles résolurent ensemble de
venger le double attentat de Terée. Progné tua
son propre fils Itys , & le servit dans un repas à
Terée , son mari. Quand il en fut averti , la
fureur le transporta ; il poursuivit sa belle-sœur &
sa femme , pour les immoler à son ressentiment,

K v

Luì dit : venez, ma fœur , entendre mes accens;

Il font fi doux & fi touchants ,

Qu'ils pourront corriger la rudeffe des vôtres ;

Avec un peu d'attention ,

De foin & d'application ,

Vous les rendrez bientôt tout autres.

Le Roffignol alors fait éclater fa voix ,

En développe les cadences;

Et de fes fons brillans les diverfes nuances ;

En tâchant de gagner toujours le fond des bois,

Pour rendre fa fœur moins diftraite.

Elle fuit à l'inftant , mais fans ceffe inquiete ,

Et de la liberté portant trop loin les droits ,

Elle ne peut long-tems foutenir la retraite.

C'en eft affez pour çette fois ,

Dit-elle , je retourne à mes autres emplois :

---

lorfque tout - à - coup les Dieux les changerent tous ; Terée en Epervier, Philomele en Roffignol, Progné en Hirondelle, Itys en Faifan. C'eft pour cela qu'on dit en Poëfie Philomele pour Roffignol, & Progné pour Hirondelle. *Voy. les Métamor-phofes d'Ovide , L. VI.*

Mon penchant naturel me force de m'y rendre :

Attendez-moi, dans peu je reviens vous entendre.

Aussi-tôt reprenant son vol,

Elle fait mille tours , revient au Rossignol ,

Qui lui dit : Est-ce ainsi que tu comptes d'appren-

dre ?

Ce n'est qu'à force de travaux

Qu'on peut acquérir la science ;

L'Etude veut de la constance

Dans un laborieux repos.

FABLE V.

LE RENARD, L'ANE ET LE LION.

JADIS un Baudet, un Renard,
Firent société pour aller à la chasse.
Survint un Lion par hazard ;
De l'attaquer, c'eût été trop d'audace ;
Que faire donc ? Le Renard à ses tours,
Comme de coutume, eut recours.
Faites-moi grace, usez envers moi de clémence ;
Dit-il au Lion en secret,
Et je vous livre ce Baudet ;
C'est un morceau de conséquence :
Puis mene l'Ane au piége ; il y tombe en effet :
Mais dès que le Lion voit sa proie assurée,
Pour punir le Renard de son lâche forfait,
Il l'étrangle, il en fait curée ;
Ainsi rend-il hommage à cette vérité :
Si la trahison plaît, le traître est détesté.

FABLE VI.

LA BONNE-FOI DU LOUP.

UN vieux Loup pris au traquenard,
Touchoit à son heure derniere ;
Un Villageois tenant la hard, **
Alloit terminer du pendard
L'affreuse & derniere carriere :
Que fait en ce péril le rusé compagnon ?
Il a recours à la priere ,
Pour échapper à la punition.
Hé , laissez-moi , dit-il , aller , je vous supplie ;
Je proteste que désormais
Je ne veux user d'autres mets
Que des herbes de la prairie.

---

* Traquenard. C'est une sorte de piége , propre
pour prendre des Animaux sauvages.

** Hard ou hart , corde pour pendre & étran-
gler.

Non, je ne goûterai jamais chair de ma vie,
    Si ce n'est reptile ou poisson.
    Adieu Brebis, adieu Mouton.
Touché de ses sermens, le Croquant le délie;
Le Loup fuit à l'instant,& rencontre un Cochon,
    Qui se vautroit dans une mare *.
Ho, ho, dit-il,quel est cet animal bisarre?
C'est un poisson sans doute, il en a la façon;
Il barbote dans l'eau; j'en puis donc faire usage,
Sans manquer au serment; n'est-ce pas être sage?
Au besoin que je souffre, il m'est bien de saison.
    Cela dit, il se dédommage
    Du jeûne qu'il fit en prison,
Le poisson étoit gras, & le repas fut bon.

    Quiconque a dessein de mal faire,
    Quand il trouve l'occasion,
    Ne manque jamais de raison;
Celle de l'intérêt est la plus ordinaire.

---

* Mare. Creux plein d'eau & de bourbe.

FABLE VII.

LE VIEUX DOGUE ET LE JEUNE CHIEN.

UN vieux Dogue pelé, qui n'aimoit que la paix,

Et qui sçavoit pourtant des tours de vieille guerre,

Vexé par des Mâtins, qu'il n'attaquoit jamais,

  Avoit bientôt terminé leur affaire ;

  D'un coup de dent il les jettoit par terre.

Un avorton de Chien, foible & mince Roquet* ;

  A petit corps, mais à longues oreilles,

  Vuide de sens, abondant en caquet,

  Disant des riens, pensant dire merveilles ;

  Chien petit-maître, élégant freluquet,

   Se croyoit de quelque importance.

Il advint que du Dogue on vanta les exploits ;

  Notre fendant, rempli de confiance,

---

* Roquet, petit Chien, qui a les oreilles droites & le poil court.

Conçoit l'agréable espérance
De le vaincre au moins une fois.
Dans ce dessein, il jappe, il l'attaque, il l'agace.
Le vieux Dogue surpris d'une pareille audace,
Et dédaignant un si foible rival,
Le regarde en pitié, ne lui fait aucun mal.
Le petit important, fier de sa hardiesse,
Aux autres Chiens court vanter sa prouesse;
Leur dit qu'il a présenté le cartel
Au Dogue; mais qu'il n'est pas tel
Qu'on vouloit le lui faire croire;
Qu'il a reculé lâchement,
Se méfiant de la victoire;
Que partant, lui Roquet, en a toute la gloire.
A ces mots, qu'il jappoit tout en papillonnant,
Il s'élève un éclat de rire.
Alors un Epagneul, enclin à la satyre,
Lui répondit d'un ton railleur,
Mais assaisonné de sagesse
Abattre un fanfaron, c'est vaincre sans honneu
On a respecté ta foiblesse,
Tu dois respecter la valeur.

FABLE VIII.

LE CHAMEAU*.

UN Chameau le long d u rivage ,
ans le cryſtal des eaux admiroit ſon image ,
on port majeſtueux , ſa taille , ſa hauteur ,
L'élégance de ſon corſage ,
De ſes oreilles la longueur ,

---

* Le Chameau eſt un animal de voiture , propre pour la charge , & non pour tirer. Il eſt fort
commun en Orient. Le Chameau Arabique a une
groſſe boſſe ſur le dos , le Medois en a deux. Sa
charge eſt de mille livres peſant. Le Chameau a
cela de particulier qu'on l'accoutume à ſe baiſſer
pour recevoir ſa charge : il peut être dix ou douze
jours ſans boire ni manger. Le Chameau a les
oreilles fort courtes. Je ſuppoſe dans cette Fable
qu'il les avoit autrefois fort longues , & qu'elles
lui avoient été rognées en punition de la plainte
qu'il fit à l'Auteur de la Nature de ne lui avoir
pas donné , comme au Taureau , des cornes pour
ſon ornement & ſa défenſe.

Ses yeux à fleur de tête , & maint autre avantage.

Mais cependant il remarquoit

Que quelque chose lui manquoit.

Il s'en plaignit au Roi de la Nature ,

En lui disant : Pere de l'Univers ,

Créateur des êtres divers ,

Que n'avez-vous décoré ma figure

De ces cornes , qui font l'ornement du Taureau ,

Sa force & sa sure défense ?

A raison de ma corpulence ,

J'ai droit à ce secours nouveau ;

Vous me devez son assistance.

Indigné de cette insolence ,

Le Fabricateur souverain ,

Pour arrêter plaintes pareilles ,

Et châtier cet animal hautain ;

Lui racourcit pour toujours les oreilles.

Veut-on avoir tous les talens ,

C'est marquer de reconnoissance

Pour la part que le Ciel nous fait de ses présens

Dans l'ordre de sa Providence ,

Et s'exposer à perdre justement

Ceux dont fa tendre bienveillance
Nous a dotés gratuitement.

Nunquam fincera bonorum
Sors uni conceffa viro.

Claudian. in laud. ftilie.

FABLE IX.

LA DAME ET SA CHIENNE.

S'ATTACHER à des Animaux
Fut de tout tems des femmes la manie ;
Elles aiment à la folie
Tantôt un Chien , un Chat , un Singe , ou des
Oiseaux.
Celle-ci nourrissoit une Chienne jolie ;
Elle lui prodiguoit caresses & bonbons ,
Et ragoûts de toutes façons.
Chaque jour c'étoit chere lie ,
Dont survint à Lisette * une indigestion,
Qui d'un long dégoût fut suivie.
On redouble aussi-tôt de soin , d'attention :
Pour dissiper la maladie ,
On appelle le Médecin ,
On fait venir toute la Pharmacie ,
Et la Dame est en proie au plus cruel chagrin.

* Nom de la Chienne.

Tandis qu'elle se livre à sa douleur amere,

Au voisinage étoit une vieille commere,

Adroite à jouer de bon tours.

Dès qu'elle apprend le cas, en voisine fidelle,

Elle veut déployer son zèle,

Et faire offre de son secours,

Assurant qu'en moins de six jours

Elle rendra Lisette alerte & bien guérie ;

Qu'elle a contre son mal un secret souverain.

Elle en jure, & la Dame enfin la lui confie,

En lui glissant quelque écu dans la main.

La vieille prend l'argent, se charge de la Chienne,

Dans son taudis elle la mene,

Lui donne pour tout mets de l'eau claire & du

pain,

De la paille pour lit, & la laisse endormie

Reposer jusqu'au lendemain.

Les jours suivans même cérémonie,

Et tout alla du même train ;

La pauvrette ne put tâter croûte ni mie.

Enfin l'appétit vient, & sans autres apprêts,

A ronger du pain sec elle se détermine.

La faim n'est pas délicate en cuisine,

Ventre affamé ne rebute aucun mets.

La guérison alors se déclarant parfaite ,

La vieille va rendre aussi-tôt

A la Dame son cher dépôt ;

Et recueillit le fruit de l'heureuse recette.

Elle fit une ample moisson ,

Rendit la joie à la maison ;

Et la Dame bien satisfaite ,

Reprit sa belle humeur , en revoyant Lisette.

De ce fait concluons que diette & repos
Sont deux grands médecins qui chassent bien d es
maux.

FABLE X.

LE MILAN, LE CORBEAU ET L'AIGLE.

Pour un Pigeon volé, qu'un Milan emportoit,
Et que Maître Corbeau comme sien répétoit,
    S'émut entr'eux grande querelle ;
Le Corbeau, par la force, eût défendu ses droits :
Mais contre le Milan, sa vigueur n'étoit telle,
Qu'elle pût prévaloir. Faire parler les Loix,
Lui parut le plus sûr : à l'Aigle il en appelle.
L'Arbitre, sur le champ, monte à son tribunal ;
    Et regle pour premiere clause,
Que la proie en litige, à ses pieds l'on dépose ;
    C'étoit-là le point capital :
Puis il dit aux Plaideurs, en levant la séance,
Vous reviendrez demain recevoir la sentence.
Le Corbeau n'y faillit. Le Milan n'y vint pas ;
Son absence tira le Juge d'embarras.
La cause du Corbeau paroissant favorable,

Il lui rendit la proie , & mit fin aux débats,

Par cet Adage mémorable ,

Qui fuit le jugement se déclare coupable.

Fatetur facinus is qui judicium fugit.

Publius Syrus.

FABLE XI.

FABLE XI.

LE CHIEN DE CHASSE ET LE COCHON.

UN maigre Lévrier, en voyant Dom Pourceau
Se vautrer dans la fange au fond de son caveau,
    Lui disoit : quel est donc ton crime ?
Malheureux , qu'as-tu fait pour être la victime
D'un maître qui te tient en si sale prison ?
    Que j'ai de toi compassion !
Avecque ta pitié , que le Ciel te confonde ,
    Lui répond l'Animal immonde !
Je nage dans la joie ; à ma félicité
    Rien ne sçauroit être ajoûté.

    Je vis , bien nourri, sans rien faire :
    De soucis , je n'en connois point ,
    Aussi tu vois mon embonpoint.
    Mais toi, ventre à jeun , pauvre hére ;
    Qui n'as que les os & la peau,

               L

Squelete vivant , il fait beau
Te voir glofer fur ma mifere!
Va-t-en porter ailleurs tes fades complimens.
Indigné des bas fentimens
Que le Pourceau faifoit paroître ,
Le Chien lui répondit : augmente , j'y confens ,
Tous les jours ton lard pour le maître ,
Dont le couteau tranchant, par une trifte mort
Doit dans peu terminer ton fort.
Je conviens que ma vie eft dure ;
Mais ce pain noir , ma nourriture ,
Entretient mon activité ,
Me donne la légereté
De l'animal le plus agile ,
La force du plus vigoureux ;
Il me rend à mon Maître utile.
C'eft à moi de me dire heureux.

Quel contrafte frappant ! Ces gens de bonne chere,
Qui , de boire & manger , font leur unique af-
faire ,
Ne font dans un Etat d'aucune utilité;
Tandis qu'au fein de l'indigence,

Gens qui gardent la tempérance,
Sont les fermes soutiens de la Société.

O prodigua rerum

Luxuries! nunquam parvo contentâ paratu.

Et quæsitorum terrâ pelagoque ciborum

Ambitiosa fames & lautæ gloria mensæ:

Discite quam parvo liceat producere

vitam,

Et quantùm natura petat.

Lucan. lib. 4.

FABLE XII.

LE RENARD ET LE CUISINIER.

DE son métier tout Renard est voleur,
Et qui pis est, fourbe & menteur.
Ne comptez pas qu'il prenne une autre allure,
Et qu'on puisse le corriger ;
Quand l'habitude est jointe à la Nature,
Rarement la voit-on changer.

Le Renard dont ici je trace l'aventure
Fut nourri dans une maison,
Où dès sa plus tendre jeunesse
Par mainte espieglerie & maint tour de fripon
Il fit paroître son adresse.
Comme il étoit bien connu sur ce ton,
Un beau matin, de la cuisine,
Disparoît un Poulet : le Cuisinier s'obstine
A dire que c'est le Renard
Qui l'a volé, qu'il mérite la hard.
Celui-ci s'en défend, proteste le contraire,
Jure, prend à témoin & le ciel & la terre ;

Mais en vain , il ne peut échapper au cordon.

S'eſt-on fait un mauvais renom,
Le mal devient irréparable :
Alors, innocent ou coupable ,
On eſt puni ſur le ſoupçon.

FABLE XIII.

LE PERROQUET PUNI.

Nouvellement débarqué d'Amérique,
Un Perroquet * dès le matin perché
Sur le comptoir d'une boutique
Placée au milieu du marché,

---

* Perroquet. Oiseau qui vient d'Amérique &
des Pays chauds : il est de médiocre grosseur,
ayant les plumes vertes, mêlées de jaune ordinairement, le bec aquilin, les ongles crochus comme un oiseau de proie. Il vit de fruits, quand il
est sauvage : dans les cages on lui donne du pain
trempé dans du vin, que l'on appelle *de la soupe
à Perroquet*. Quand il est instruit, il imite la parole des hommes & les cris de plusieurs animaux.
Les Anciens ne connoissoient qu'une espèce de
Perroquet, qui étoit celui dont le panage étoit en-
tierement verd, & qui avoit un collier de la couleur de vermillon : mais depuis la découverte de
l'Amérique, par Christophe Colomb, & ensuite
par les autres Espagnols, on s'est apperçu qu'il y

Fit son étude principale

De ces mots grossiers , indécens ,

Que , sans pudeur , on débite à la Hale ,

Et les rendoit d'un ton ferme aux passans.

De là naissoient maintes querelles ;

Et chaque jour c'étoient scènes nouvelles.

Gens qui se croyoient insultés

Par tels ou tels , alloient, tout irrités ,

Porter leur plainte au Juge de Police ,

En reclamant vivement sa justice.

Comme le cas arrivoit fréquemment,

Le Juge eut quelque défiance ;

Il se transporte en conséquence

Sur le lieu de la scène , & fit très-sagement.

De tous côtés il cherche , il examine

De ces débats quelle étoit l'origine.

Enfin il voit le malin Perroquet ,

Qui répétoit gravement son rolet :

---

en avoit une si grande quantité de toutes sortes ,
qu'à présent ils sont sans nombre, tant en leurs especes différentes, qu'en diversités de couleurs & de
grosseurs. Car ceux qui ont été à ce nouveau Monde en constituent de plus de cent sortes.

C'eſt donc toi , lui dit-il , qui fais tout ce tapage;

Il t'en cuira , tu feras mis en cage.

Je n'ai pas pris en vain ma robe & mon bonet.

Ayant ainſi trouvé le jaſeur indiſcret ,

Il entre à la boutique , & rend cette ſentence ;

Que l'Oiſeau pétulant, au fond de la maiſon ,

Soit en cage enfermé , qu'on l'y tienne en priſon,

Pour réprimer ſon inſolence.

C'étoit bien dit : que n'en fait-on autant

A maint Auteur méchant & ſatyrique

Qui donne un libre cours à ſa bile cauſtique ?

Le genre-humain en vivroit plus content.

FABLE XIV.

LE POMMIER DÉPOUILLÉ.

CHARGÉ de fruits nombreux , auſſi beaux qu'ex-
    cellens ,

Un Pommier étoit fier de voir que tous les gens
    De la famille de ſon Maître
    Venoient chaque jour ſe repaſtre

De ſes fruits ſavoureux , dont la maturité
    Relevoit encor la beauté.

Lorſqu'il fut dépouillé , les viſites ceſſerent ,
    Les Courtiſans ſe retirerent.

Confus , il dit alors : puiſqu'on me traite ainſi ,

Je le vois , je n'eus point de véritable ami
    Dans les jours de mon abondance.

    Quand nous ſommes dans l'opulence ,
    Avec ſoin on nous fait la cour ;

Vient-elle à nous quitter, on nous fuit ſans retour.

Eſt amicus ſocius menſæ , & non permanebit in
die neceſſitatis. *Eccléſiaſtique* , ch. 6. *v.* 10.
               L v

Donec eris felix multos numerabis amicos.
Tempora si fuerint nubila , solus eris.

Ovid. Trist. lib. Eleg. 8.

Scilicet ut fulvum spectatur in ignibus aurum,
Tempore sic duro est inspicienda fides.
Dum juvat & vultu ridet fortuna sereno ,
Indelibatus cuncta sequantur opes.
At simul intonuit , fugiunt , nec noscitur ulli.
Agminibus comitum , qui modò cinctus
erat.

Ovid. Trist. lib. 2. Eleg. 2.

Amicos res optimæ parant , adversæ probant.

Publius Mimus.

Diffugiunt cadis
Cum fæce siccatis amici
Ferre jugum pariter dolosi.

Horace , Ode 29. lib. 1.

FABLE XV.

L'ANE SORTI DU PUITS.

CERTAIN Baudet ayant appris qu'un Sage
Avoit jadis prononcé cet Adage ,
Qu'au fond d'un puits logeoit la vérité ,
    Crut qu'il feroit bientôt doté
    D'entendement & de science ,
Qu'il auroit rang parmi les beaux efprits ,
S'il parvenoit à defcendre en un puits.
De fon projet il fit donc confidence
Aux animaux qu'il comptoit pour amis ,
    Les fuppliant de l'y defcendre ,
    Et s'engageant à leur apprendre
    Ce que lui-même auroit appris.
On l'y defcend. Puis on vient le reprendre
Au tems marqué ; c'étoit point convenu.
    Tranfi de froid on le retire ,
    Enfuite on le preffe de dire
    Ce qu'il fçait & ce qu'il a vû.
                        L vj

Par se rouler sur le sable il commence,

Et par repaître. On attend en silence

Qu'il soit pansé, qu'il ait repû.

Alors du haut d'une éminence,

Le Sot enfile un ennuyeux discours,

Plein de bétise & d'ignorance,

Dont ne voyant finir le cours,

La troupe enfin perd patience.

Chacun le siffle, on le berne, on le tance,

On vous le fait sauter de la hauteur,

En lui disant : quelle impudence

Pour un Baudet de faire le Docteur !

Conclusion. Tout ignorant s'abuse,

Qui prétend acquérir l'esprit & les talens,

Quand la Nature les refuse,

Aucun art ne sçauroit remplacer ses présens.

FABLE XVI.

LE HÉRISSON ET LE SANGLIER.

Un Hérisson *, un Sanglier,
Au même bois vinrent chercher pâture ;
Là des fruits tombés d'un Pommier
Leur offroient ample nourriture.

---

* Hérisson. Petit animal terrestre, qui a environ huit pouces de longueur, qui est armé de pointes & d'aiguillons comme des épines. Les Anciens l'ont pris pour une espece de Porc-épic : il a le museau court & rond, ressemblant à celui d'un Chien. Cette espece est appellée Canine, par *Mathiole* ; elle est différente de celle qui tient du Pourceau : il a la tête, le dos & les flancs couverts d'aiguillons, longs d'un pouce & demi, fort différens du Porc-épic, & semblables aux piquans des coques de chataignes, Il a des muscles peauciers, comme le Porc-épic, qui lui servent à faire ramasser tout le corps, comme en une boule, ce qu'il fait, quand il ne peut se sauver à la course. Quelques-uns l'ont nommé pour cela le Symbole de la Pru-

Le Sanglier tranquillement,
Et sans vouloir faire le maître,
Fut d'abord assez complaisant
Pour laisser près de lui son compagnon repaître ;
Mais il le prend d'un autre ton,
Quand il voit que le Hérisson
Se replie & se met en boule,
Que sur les pommes il se roule,
Qu'il en garnit ses dards , & court à son caveau.
Ah ! dit-il , voici du nouveau.
Mange , mais ne viens pas m'enlever ma pitance,
Tu ne me le verrois pas prendre en patience :
Hé ! n'as-tu pas assez de quoi,
Répond le Hérisson , pour te garnir la panse ?
De pourvoir à ma subsistance ,
Prétens-tu m'empêcher , & veux-tu que pour toi
Je meure de faim au tems froid ?
Après ces mots , il recommence

---

dence , parce qu'il se défend ainsi contre les autres
bêtes. Mais si alors on l'arrose d'eau , ses pointes
se rabattent aussi-tôt. Il ne sort que la nuit, se
cache tout l'hiver , & vit de pommes & de raisins.

A fe charger & fe tient coi.

Le féroce Animal, enflammé de colere,

    Lui dit alors : avec tes dards piquans,

    Foible Avorton, penfes-tu te fouftraire

    A la fureur que je reffens ?

Puis il le foule aux pieds, l'écrafe contre terre,

    Et le déchire à belles dents.

A peine fa vengeance étoit-elle affouvie,

    Le repentir fuivit de près,

Quand il fentit fes pieds, fa langue & fon palais

En proie à la douleur ; mais, hélas ! vains regrets?

    Le Hériffon avoit perdu la vie.

Gardons-nous d'irriter gens plus puiffans que nous,

    Leur repentir fuit trop tard leur courroux.

FABLE XVII.

LE PAYSAN ET SON ANE.

PLus on charge , dit-on, un Baudet , mieux
il va ;
Cependant , fi vous êtes fage ,
Ne vous fiez à ce commun Adage.
Au bon Lubin le contraire arriva ;
Il chargea trop fon Ane , & fon Ane creva.
Voici le fait. Lubin alloit à la carriere
Tous les jours avec fon Baudet ,
Fort de reins , ferme de jarret.
D'abord il lui donnoit fa charge bien entiere ,
Puis au retour , s'il trouvoit quelque pierre
Propre à bâtir , fur l'Ane il la plaçoit.
L'Animal toujours avançoit ,
Et Lubin tout joyeux admirant le courage
De fon Rouffin , le chargeoit davantage.
Il y procéda tant , que faifant un faux-pas ,
Enfin le Baudet tombe , & n'en releva pas.

Un grain fait pancher la balance:
A force d'aggraver le joug,
  On met à bout la patience ;
  En exigeant trop, on perd tout.

FABLE XVIII.

L'HOMME SAGE ET SON ENNEMI.

D ANS une Ville étoit jadis un Homme sage,
De tous les habitans honoré , recherché ,
     Qui jamais n'avoit fait dommage ;
Il avoit cependant un ennemi caché ,
     Qui ne tendoit en secret qu'à lui nuire.
Las de couvrir sa haine , enfin il éclata ,
     Aux menaces il s'emporta
Contre l'Homme de bien. Quand on vint l'en ins-
         truire,
Que croyez-vous qu'il fit ? il ne fit que d'en rire.
Bon , dit-il , à présent je suis en sûreté.
Je craignis ce méchant tant qu'il sçut se contraindre,
     Un ennemi qui se cache , est à craindre ;
     Se montre-t-il ; il n'est plus redouté ;
On se met à couvert de sa malignité.

Plus plerumque periculi est in insidiatore oc-
culto quàm in hoste manifesto.
     S. Léon Pape , Serm. de Quadrages. 9.

FABLE XIX.

LE SINGE, LE COCHON ET LE RENARD.

BADINANT avec un Cochon,
Un Singe, maître poliſſon,
Lui met un bouquet ſur l'oreille.
L'autre croit que cet ornement
Eſt du bel-air, & lui ſert à merveille.
Tout fier, il ſe dreſſe en danſant,
Ballant, ſautant, ſe panadant *,
Il fait le joli, l'agréable,
Et penſe que chacun doit le trouver aimable.
D'aventure paſſe un Renard,
Qui lui dit d'un ton goguenard :
Crois-moi, ne force point nature;
Quand on eſt de laide figure,
Tâcher de la mettre en honneur
Par l'ornement & la parure,
C'eſt enchérir ſur la laideur.

---

* Se panader, ſe carrer, marcher avec une ſorte
de gravité fiere, en faiſant montre de ce qu'on a
de plus beau.

FABLE XX.

L'Aigle et les deux Eperviers.

Une Aigle, par la malad :
Et par le grand âge affoiblie,
Retirée en son aire, étoit sans appétit.
A deux Eperviers, elle dit :
Je ne sçaurois chasser, faites à votre Reine
Le cadeau de quelques Perdrix ;
Pour réveiller mon goût, il n'est mets plus exquis :
Aux ordres de leur Souveraine ,
Eux à l'instant, pour se montrer soumis,
S'élancent dans les airs & volent sur la plaine.
Bientôt ils sont assez heureux
De voir partir des Perdreaux devant eux.
Alors, pour signaler leur zele,
Nos Champions voulant chacun avoir l'honneur
De les prendre, se font une guerre cruelle,
Et s'attaquent avec fureur.
Le gibier cependant s'enfuit à tire d'aile.
Leur coup manqué pour cette fois,
A l'Aigle il fallut rendre compte :

ls y viennent plumés, fanglans, couverts de honte,

D'avoir borné là leurs exploits.

ès que l'Aigle les vit, fe doutant de l'affaire ;

It-ce ainfi, leur dit-elle, en vous faifant la

guerre,

Que vous prétendez me fervir ?

De mifere & de faim vous me laiffez languir.

De votre vanité, de votre pétulance,

Il eft jufte de vous punir.

Je vous interdis ma préfence,

Et nomme d'autres pourvoyeurs

Pour fournir à ma fubfiftance,

Les Faucons * feront mes chaffeurs.

---

* Faucon. Oifeau tant de leurre que de poing, qui a le plus beau vol, & qui eft le plus noble & le plus eftimé entre les Oifeaux de proie. Il furpaffe tous les autres en bonté, en grandeur de courage, & en ce qu'il eft le plus familier & le plus domeftique de tous ; c'eft pourquoi il donne le nom à la Fauconnerie. Faucon fe dit de la femelle : car pour le mâle, on l'appelle *Tiercelet* de Faucon, comme moindre & plus foible que la femelle.

Lorſque des Chefs, ſour ſatisfaire
Leur orgueil, leur ambition,
Veulent chacun primer, tout leur devient con-
traire,
Et l'Etat dépérit par leur diviſion.

FABLE XXI.

LES ROSES ET LE PAPILLON.

DANS le fond d'un jardin, une Rose cachée,
De vivre à l'ombre, étoit fâchée ;
Et jalouse de voir ses sœurs
Etaler au soleil leurs brillantes couleurs.

Un Papillon vole auprès d'elle,
Et lui dit : tu te plains, mais à tort ; si, moins belle,
Tu n'as pas de tes sœurs tous les vifs agrémens,
Dans l'empire de Flore* un meilleur sort t'appelle ;

Console-toi, tu vivras plus long-tems ;
Ce soleil, au matin, qui les a fait éclore,
Va bientôt les frapper de ses rayons brûlans,

C'en est fait dans quelques instans :
Toi, sans craindre ses feux, tu regneras encore.

Moins de gloire, plus de repos,
L'éclat est le bonheur des Sots.

---

* Flore, Déesse des fleurs, Epouse de Zéphire,
vent d'Orient, fils d'Eole & de l'Aurore.

FABLE XXII.

L'Aigle et le Soleil.

EN regardant un jour le Soleil fixement,
Une Aigle lui difoit: Pere de la lumiere,
Qui la répands par-tout dans la vafte carriere,
    Que tu dois être clair-voyant!
    Il eft vrai, répond-il, j'éclaire
    De mes rayons tout l'Univers,
    La terre, les cieux & les mers;
    Mais j'avoue, & je fuis fincere,
Que je ne jouïs pas moi-même de ce bien;
    Je fais voir, & je ne vois rien.

    On reconnoît fous cet emblême*
    Maint Sçavant, qui, par fes écrits,
    Eft la lumiere des efprits,
    Et ne fe connoît pas lui-même.

---

* Emblême. C'eft une forte de Symbole, qui n'a
pas befoin de mot, & qui par une ou plufieurs fi-
gures repréfente avec efprit une penfée morale.

FABLE XXIII.

FABLE XXIII.

Le Hibou Philosophe et ses Eleves,

Vous, à qui le Ciel favorable
A, selon vos defirs, accordé des enfans,
  Peres, confultez leurs talens,
Pour leur faire embraſſer un état convenable.
D'où vient que tant de gens, dans les charges
    placés,
De la fociété détruifent l'harmonie ?
C'eſt que par des parens imprudens, peu fenfés ;
  A ces emplois ils font pouſſés,
Malgré leur ignorance & leur mince génie,
  Cette Fable le vérifie.

Certain Hibou rêveur, d'un air grave & pédant ,
  S'arrogeoit de l'humaine efpece
  | Le bon fens, l'efprit, la fageſſe ,
   Et fe croyoit auſſi prudent
  Qu'un Sage de l'antique Grèce.
  Dans la grange qu'il habitoit ,
        M

Comme fans ceffe il méditoit ,
Il lui prit un jour fantaifie
De tenir pour les Animaux
Ecole de Philofophie.
On donne volontiers dans les projets nouveaux.
Bientôt d'Etudians la troupe fut nombreufe ,
Et l'Ecole devint fameufe.
Le Cygne y conduifit fon unique héritier.
Pour fes tendres Pouffins , quoique paffionnée ,
La Poule les y mene ; & l'adroite Araigné
Vient y puifer fur fon métier
Des lumieres pour la pratique ;
L'Ane même y prit des leçons
Sur l'harmonie & fur les fons ,
Pour fe rendre habile en mufique.
Les Eleves croiffoient , il falloit un état.
On en laiffa le choix au Maître :
Voici quel fut le réfultat ,
Et ce qu'à fon avis chacun d'eux devoit être.
Le Cygne eft courageux , qu'il fe faffe Guerrier ;
Dit-il ; & le Coq , en partage
Ayant pour le commerce un talent fingulier ,

Qu'il aille fur mer, qu'il voyage ;

L'Araignée fçait bien travailler,

Son induftrie eft fort commune,

Sa place eft à la Cour, elle y fera fortune ;

L'Anon a de la voix, il eft Muficien,

Dans les concerts, il fera bien.

A ce choix du Hibou, les parens applaudirent ;

Et les Eleves obéirent,

Chacun prenant l'état qui leur étoit marqué.

De ces abfurdités lors un Fermier choqué,

Tança, par ce difcours, le Docteur imbécile :

Que ne confultois-tu la raifon, le bon fens,

Dit-il, gros Animal ? il t'eût été facile

De difcerner les vrais talens,

De juger que le Coq eft plus propre à la guerre,

Le Cygne à pratiquer la navigation,

L'Araignée à filer, comme filoit fa mere,

Enfin qu'en quelque état que fe trouve l'Anon,

Il ne fera jamais qu'un Ane.

Partant, la raifon te condamne.

Changer des Animaux la deftination,

Forcer leur penchant, leur génie,

De l'ordre naturel, c'eft troubler l'harmonie ;

M ij

Et voilà ce que font la plûpart des parens.

Sans lumiere & sans connoissance ;
Et sans égard pour les talens,

Dès le moment de la naissance ,

Ils fixent pour toujours le sort de leurs enfans ;

Et les rendent toute la vie

Les objets du mépris & de la raillerie.

FABLES
NOUVELLES.
LIVRE XII.

PROLOGUE.

JE touche au bout de la carriere,
Ce Livre va la terminer :
Je vois encore ample matiere ;
Mais il faut sçavoir se borner.

Lecteur, un peu de patience,
Soutenez votre attention ;
Quelque nouvelle instruction
Sera sa juste récompense.

La brillante frivolité
Ne fait point valoir cet Ouvrage:
Il se borne à l'utilité,
Et la Morale est son partage.

FABLES I. & II.

ÉSOPE ET SON CHIEN.

LE LABOUREUR ET LE CHAMP INCULTE.

UN jour Éfope * avec les Animaux
Converfoit, fondoit leur génie,

---

* Éfope, Phrygien, étoit d'un Bourg nommé
Amorium, & vivoit du tems de Solon, fous la
cinquante-uniéme Olympiade, vers l'an 576 avant
l'Ere Chrétienne, & fous le regne de Créfus, dernier Roi de Lydie. La nature, en lui donnant
beaucoup d'efprit, le fit naître fi laid de vifage,
& fi difforme, qu'à peine avoit-il la figure d'un
homme, & lui refufa même jufqu'au libre ufage de
la parole, avec ces défauts. Il eut le malheur de
devenir efclave mais fon ame fe tint toujours libre
& indépendante de la fortune. Pour charmer fes
maux dans la fervitude, il compofa ces Fables uti-
les & ingénieufes, qui lui ont fait tant d'honneur,
& dont l'opinion vulgaire le fait le premier Auteur;

Etudioit leurs mœurs , leurs penchants, leurs
　　　　défauts,

Et les loix qui reglent leur vie,

Pour corriger enfuite les humains,

Par la Fable & l'Allégorie *.

Son Chien lui dit : tous vos efforts font vains,

Vous ne parviendrez point à corriger les hommes;

---

quoique les uns en faffent remonter l'origine
jufqu'à Héfiode. Efope ayant confeillé à ceux de
Samos de s'oppofer à Créfus, qui en vouloit à
leur liberté ; ce Roi l'ayant fçu , fouhaita de le
voir , & l'ayant ouï parler , conçut beaucoup d'ef-
time pour lui. Efope laifla à ce Roi les Fables qu'il
avoit compofées : enfuite il revint à Samos ; puis
ayant entrepris de voyager , il fe fit connoître à la
Cour du Roi de Babylone & à celle du Roi d'E-
gypte. Il fut depuis envoyé à Delphes par Créfus;
& les Habitans de cette Ville , qu'il avoit raillés
dans fes Fables , l'ayant accufé fauffement d'im-
piété , le firent mourir en le précipitant du haut
d'un rocher. On prétend que la Grèce envoya des
Commiffaires pour informer de fa mort , & qu'elle
en fit une punition rigoureufe. Les Athéniens lui
éleverent une magnifique Statue.

* Allégorie, figure de Réthorique , qui confifte
à dire une chofe , & à en fignifier une autre.

Comme nous déréglés, ils font ce que nous fom-
mes.

Qui pis eſt, les défauts partagés entre nous,
L'homme en lui les réunit tous.

Depuis que vous donnez des leçons de ſageſſe,
Avez-vous réformé la Grèce ?
Les hommes y font-ils meilleurs ?
Partant, laiſſez votre ſyſtême.

Le vrai Sage ſe borne à s'inſtruire lui-même,
Non, lui répond l'Eſclave Phrygien,

Non, je ne prétends point réformer tout le monde.
Ton principe de *tout ou rien*,
N'eſt pas celui ſur lequel je me fonde.

Les hommes font-ils tels, qu'il ne s'en trouve
aucun

o   Qui veuille ouvrir les yeux à la lumiere ;
Quand de la préſenter on ſaiſit la maniere ?
Si je puis donc en éclairer quelqu'un,
Aurai-je pris une peine inutile ?
Semons toujours, il n'eſt champ ſi ſtérile
Qui ne rapporte quelque grain.

Si l'on ſçait comme il faut cultiver le terrain,
Au tems propre y ſemer la graine convenable,

M v

Le produit en sera certain.
Pour t'en convaincre, écoute cette Fable.

UN Champ de Ronces hériſſé,
Etoit devenu le partage
D'un Laboureur au travail exercé,
Actif, intelligent & ſage.
Chacun lui répétoit : à quoi cet héritage
Peut-il vous être bon ? abandonnez ce bien ;
Il n'eſt point propre au labourage,
Il ne peut a vos Bœufs ſervir de pâturage :
Je l'aurois laiſſé là s'il eût été le mien.
Cet homme écoutoit tout , & ne répondoit rien ?
Mais il ſe mit à défricher ſa terre ,
Et par ſes ſoins ſçut ſi bien faire,
Que dans l'année une riche moiſſon,
De ſes travaux fut le ſalaire ,
Et l'héritage devint bon.
Il en eſt de même des hommes ,
Et ce champ eſt le cœur de tout tant que nous
ſommes ;
Il faut le défricher par de ſages leçons ;
En arracher juſqu'aux racines
Des vices & des paſſions ,

Qui font fes ronces , fes épines ;

Réformer fes pe chans , les inclinations ,

Pour lui faire porter des moiffons précieufes ,

Y jetter des vertus les femences heureufes.

Tel eft mon art , c'eft ce qu'Efope fait ;

Ce Laboureur eft fon portrait.

FABLE III.

LE SINGE ET LE MIROIR.

Dans un trop fidele Miroir
Un Singe se voyoit, & faisoit la grimace,
Pansant que ce crystal enlaidissoit sa face.
Le Magot furieux, d'un coup de désespoir,
  Pour se venger, brisa la glace.
Que ne s'en prenoit-il au seul original ?
  Mais, prévenu pour sa figure,
  Il n'est si difforme animal
Qui ne soit satisfait des dons de la Nature.

  Combien de gens sont Singes en ce point !
  Voir ses défauts, c'est ce qu'on ne veut point.
  Nous sont-ils montrés, on s'irrite,
  Et rarement on en profite.

FABLE IV.

LE PUTOIS ET LA CIVETTE.

LE Putois* en chemin rencontra la Civette : **
Si ma mauvaise odeur, dit-il, ne t'inquiette,
Permets que je t'aborde, & que j'aille avec toi.

    Viens, répond-elle, & qu'à cela ne tienne.
Tu n'as qu'à te frotter, si tu veux, contre moi,
Mon odeur sûrement dissipera la tienne.

    Les voilà donc, qui marchent bons amis,
Parcourant les sentiers d'une forêt épaisse.

---

   * Putois, en latin, *Jetis putida*, ou *Putorius*,
espece de Chat sauvage, qui a le poil brun, ainsi
nommé, à cause de sa puanteur.

   ** Civette, en latin, *Feles odorata*, ou *Zibetha*, petit animal, dont on tire un parfum de
même nom. Elle est de la taille d'un Chat, ou
d'une grosse Fouine. Les Civettes sont fort communes dans le Royaume d'Issigny en Guinée. Les
Nègres les suivent à la piste pour recueillir le suc
qu'elles laissent sur les herbes.

Mais tandis que chacun se presse

De se dégager des taillis,

Ils tombent dans un piége, où tous les deux sont

pris.

Le Chasseur, qui survient, les voyant dans sa

mue *,

Saisit le Putois & le tue.

Pour la Civette, il vouloit l'épargner,

Sur son parfum comptant beaucoup gagner :

Hélas ! sa bonne odeur étoit déja perdue.

Son corps se trouvoit empesté,

Le Putois l'avoit infecté ;

Sa mort fut donc aussi conclue.

Triste effet d'un engagement

Contracté trop légerement.

A fréquenter mauvaise compagnie,

On perd son innocence, & quelquefois la vie.

---

* Mue, espece de cage sans fond, où l'on met
la Poule avec les Poulets. Ici elle se prend pour
le piége que les Chasseurs avoient tendu.

FABLE V.

LE SINGE ET LES ANIMAUX DOMESTIQUES.

C'Est un mauvais métier que celui de médire,
Gens adonnés à la fatyre,
Prefque toujours en font les fots.
Tel qui fait fur autrui rire par fes bons mots,
Lui-même à fes dépens tôt ou tard donne à rire;

Un Singe, par fa belle humeur,
Avoit gagné l'amitié de fon Maître.
Quand il fe vit dans la faveur,
Il devint infolent, querelleur & moqueur;
Autant que Singe le puiffe être.
Il défoloit les autres Animaux,
Dans la maifon, comme lui, Commenfaux;
En exerçant fur eux fon efprit fatyrique,
Et vomiffant les flots de fa bile cauftique;

Enfin il fit fi bien par fes malins brocards *,

　　fes traits piquans, lancés de toutes parts ;

　　Qu'il s'attira la haine domeftique ;

'Aucun n'étoit affez ofé de s'en venger,

Le Maître, avec chaleur, embraffant fa défenfe.

　　　Mais une heureufe circonftance

　　　Les vengea, fans les engager

　　　Dans les fuites de la vengeance.

Un beau foir, au jardin, pour prendre des Re-
　　　nards,

　　　On avoit mis des traquenards.

Comme le Singe avoit acquis le privilége

D'aller libre par-tout, il donne dans le piége ;

　　　Par la patte le voilà pris.

　　Il fe débat, il pouffe de grands cris ;

Bientôt la baffe-cour, par fes cris, éveillée,

　　Autour de lui fe trouve raffemblée,

　　Et lui rend tous les camouflets **

　　Dont fi fouvent il avoit fait les frais.

———————————————————————

* Brocard. Raillerie piquante, terme injurieux
& fatyrique, qu'on dit en plaifantant contre quelqu'un.

** Camouflet, fumée qu'on fouffle au nez d'un

Il n'eſt ſorte de raillerie,

De quolibets *, qu'à ſon tour il n'eſſuie ;

Il n'eut pas à répondre un mot ;

t qui bernoit autrui, fut berné comme ſot.

Abominatio hominum detractor.

Prov. c. 24. v. 9.

---

homme qui ſommeille, par le moyen d'un cornet de papier allumé par le bout. Ce mot ſe prend auſſi au figuré, pour toutes ſortes de moqueries, de dériſions, ou de railleries, que l'on fait à quelqu'un.

* Quolibet, façon de parler commune & triviale, qui renferme ordinairement une miſérable pointe, & dont les gens du peuple & les mauvais plaiſans affectent de ſe ſervir pour railler les autres, ou pour paroître agréables.

FABLE VI.

LE CHIEN RUSÉ.

LES Animaux en chaque efpece
Ont un inftinct commun, qui les guide fans ceffe,
Mais je dis, & prétends de plus,
Qu'il eft chez eux quelques individus,
Comme chez les humains, qui montrent plus
d'adreffe ;
C'eft chofe bien prouvée, & qu'on ne peut nier.
Mon Chien en général fait ce que fait le vôtre ;
Mais dans tel cas particulier
Il agira comme n'agit nul autre.
Il a donc à lui feul cet inftinct fingulier :
C'eft, dira-t on, une machine,
Que l'objet, en ce cas, entraîne & détermine.
Hé ! pourquoi l'un eft-il par l'objet entraîné,
Et l'autre n'eft-il pas auffi déterminé ?
Je laiffe à la Philofophie
A nous rendre raifon de cent faits merveilleux
Que fur ce point l'hiftoire certifie ;
J'en choifis un qui paroît curieux.

Dans la cuisine de son Maître,
n Chien vit en entrant trois de ses compagnons
ouchés autour de l'âtre, assiégeant les tisons.

Il jugea qu'il n'y pourroit être
Commodément sans batailler.
ourtant il avoit froid, & besoin du foyer :
Il l'auroit emporté peut-être ;
Mais à la force il n'ose se fier :
Voici donc ce qu'il imagine.
l sort, & dans la cour il commence à crier.
La ruse réussit : l'entendant aboyer,
Les trois Chiens brusquement sortent de la cuisine,
Courent au bruit pour appuyer
Celui qu'ils pensent qu'on échine :
Eux d'aboyer plus fort. Quand il les voit en train,
Il s'esquive, & revient se chauffer à son aise.
Dites, l'invention fut-elle si mauvaise ?
Je la donne à trouver au Normand le plus fin.

Mieux vaut user d'adresse que de force,
Le succès en est plus certain,
Nombre de gens sont pris à cette amorce.

FABLE VII.

LE ROI DES ABEILLES*.

LE Roi d'une Ruche étant mort,
On en venoit d'élire un autre par le sort ;
Lorsqu'une Abeille politique ,
Qui tenoit un des premiers rangs,

---

* Suivant les observations que les Naturalistes
modernes ont faites sur les Abeilles , on remarque
dans chaque ruche trois sortes de Mouches : les
Abeilles , qui composent presque tout l'essain , &
qui ont un aiguillon ; les Bourdons , qui sont plus
grands , & d'une couleur plus obscure, sans aiguillons , & qui sont en petit nombre ; la troisiéme
sorte consiste en une , deux , ou tout au plus trois
Mouches , plus longues encore que les Bourdons ,
d'une couleur plus vive & plus rougeâtre. Cette
Mouche est-la mere de toutes les autres ; elle est
aussi ornée d'un aiguillon , & c'est apparemment
celle que Virgile appelle le Roi ou la Reine.

Dans toute une ruche, il n'y a quelquefois qu'une
seule Abeille qui fasse des petits , & c'est elle

Au Conseil de la République,

Proposa quelques réglemens

Pour le soutien de la Couronne.

Il faut, dit-elle au Roi, près de votre personne,

Former un corps nombreux de Gardes vigilans;

Votre sûreté, la décence,

Qui doit environner la suprême puissance,

---

qu'on appelle le Roi. Tout le peuple est condamné
à la stérilité. Ce Roi fait ses petits dans un endroit
de la ruche où l'on ne peut observer; & dans les
endroits plus découverts, les Abeilles tirent un rideau devant lui. Ce rideau, ce sont elles-mêmes
suspendues de haut en bas, & acrochées ensemble
par leurs pattes. On l'a vû cependant quelquefois
aller déposer dans huit ou dix alvéoles, autant de
petits vers blancs, qui doivent devenir Abeilles:&
pendant qu'il fait sa ponte, il paroît par certains
mouvemens particuliers, que les autres le cares-
sent, ou l'applaudissent, ou l'encouragent. Après
cela il se retire dans le fond de la ruche, d'où il ne
sort guères : & à en juger par le nombre des
vers qu'il a pondus dans le peu de tems qu'on l'a
vû, il faut que sa fécondité soit prodigieuse dans
le cours d'une année. *Hist. de l'Académie Royale
des Sciences*, 1712. p. 5.

Exigent ce brillant éclat ,

Qui rejaillit fur tout l'Etat.

La Majefté du Thrône en eft plus refpectable,

C'eft ainfi que les Rois en ufent aujourd'hui.

Non , mes vertus feront ma gloire & mon appui,

Répond le Roi d'un air affable :

Je ne veux point regner par la crainte & l'effroi,

Sur un peuple toujours fidele :

La plus fûre garde d'un Roi ,

De fes Sujets eft l'amour & le zèle.

Decet timeri Cæfarem , at plus diligi,
Senec. in Octav.

FABLE VIII.

LES LOIRS ET LE HÊTRE*.

MALHEUR soit aux ingrats, leur folie est ex-
        trême ;
Nuire à son bienfaiteur, c'est se nuire à soi-même.
Maint exemple en fait foi ; l'Apologue suivant
        Rendra cet Adage évident.

Des Loirs s'étoient gités dans le creux d'un vieux
        Hêtre,
Qui leur donnoit le vivre & l'habitation ;

---

* Hêtre, Arbre de haute futaie, qu'on appelle
autrement fau ; il est grand, gros, branchu ; son
bois est blanc & dur ; ses fruits se nomment faynes ; ils contiennent une moëlle blanche, bonne
à manger. On fait de l'huile excellente des faynes
concassées & pressées à froid. Les Rats velus,
ou Loirs, les Souris, les Ecureuils, les Merles,
& autres oiseaux, en sont friands, & s'en engrais-
sent.

Mais trouvant peu commode d'être ,
Pour avoir leur réfection ,
Obligés de grimper sans cesse & de descendre ,
Le parti que jugent de prendre
Ces Animaux paresseux & gourmands ,
Fut d'attaquer , sans plus attendre ,
La maison dans ses fondemens ,
Et de la renverser par terre.
Ce n'étoit chose aisée à faire ;
Il y falloit employer bien du tems.
N'importe , on se met à l'ouvrage ,
Des griffes , des dents , on fait rage ,
Tant & si fort qu'on vient à bout
D'écarter le terrein , de couper les racines.
Il ne fut plus besoin d'outils , ni de machines ;
Un Enfant de Borée * abbat l'arbre d'un coup.
Vous pensez quelle fut la joie ,
Quand chacun librement put jouir de sa proie.

---

* Borée , mot Poëtique , pour dire vent Sep-
tentrionale. Bise , vent du Nord. On l'a regardé
comme un Dieu dans l'Antiquité Payenne. Les
Athéniens lui érigerent un Autel.

On

On s'en donne à gogo ; mais ce ne fut le tout ;

L'autre ne tirant plus aucune subsistance,

Refuse aux Commensaux l'ordinaire pitance ;

Il se dessêche , & meurt ; les Loirs crevent de
faim.

Puissent tous les ingrats faire pareille fin !

Ingrati spes tanquam hibernalis glacies tabescet ,
& disperiet tanquam aqua supervacua.

Sap. c. 16. v. 29.

FABLE IX.

LES ETOURNEAUX.

DE s Etourneaux* étant partis,
Au tems de la vendange, en troupe très - nom-
breufe,
Pour faire de raifins chere délicieufe,
Fort peu revinrent au pays ;

---

* Etourneau , oifeau qu'on nourrit en cage ; il
eft de la groffeur d'un Merle ; fon plumage eft
noir , & taché de gris & de blanc, & quelquefois
de jaune & de rouge ; fa queue eft courte & noire ; fes pieds font prefque de couleur de fafran ;
fon bec reffemble beaucoup à celui de la Pie. Cet
oifeau fe trouve prefque à toutes fortes d'endroits;
l'été il habite dans les forêts , dans les prés , dans
les lieux aqueux; & l'hiver il fe retire fur les tours
& les toits des Maifons. L'Etourneau eft fort
gourmand ; il fe nourrit de bayes de fureau , de
raifins , d'olives , de millet , d'avoine , & d'autres
femences. Il mange auffi des vers , de la cigue

Mais ils étoient dodus, refaits & bien nourris.

Quand les oifeaux de leur efpece,

Qui ne les avoient point fuivis,

Les virent de retour, fi gras, fi rebondis,

Ils fe reprochoient la pareffe

Qui les fit refter au logis.

Lorfqu'un des arrivans leur dit : quelle folie

De vous plaindre de votre fort !

Voyez combien la compagnie

Eft délabrée, eft dégarnie,

Combien ont éprouvé les rigueurs de la mort,

Pendant que vous goûtez les douceurs de la vie !

Ah ! fi vous fçaviez les dangers

Que nous avons courus dans ce trifte voyage,

Vous trouverez heureux quiconque eft affez fage

Pour ne pas s'expofer en pays étrangers.

& de la chair de cadavres. Il eft docile, & on lui apprend aifément a parler & à fiffler. Les Etourneaux volent par bandes ; ils s'affemblent quelquefois en fi grand nombre, & volent avec une fi grande rapidité, que le bruit qu'ils font reffemble à celui d'un tourbillon, ou d'un vent violent. Ils aiment beaucoup le raifin.

Quand il en ignore la Carte.

Toujours malheur arrive à qui trop loin s'écarte.

Que de gens vont à la Cour

Pour y chercher l'opulence !

Dans ce périlleux séjour ,

Sans rien gagner , souvent on perd plus qu'on ne

penſe.

Excat aulâ

Qui volet eſſe pius; virtus &   ſumma poteſtas

Non coeunt. *Lucan. lib.* 8,

FABLE X.

LES DEUX POULAINS.

Tous jeux de main font dangereux,
De s'en abſtenir c'eſt prudence :
　　Ce n'eſt que ris quand on commence ;
Après ſuivent les pleurs ; & la fin de ces jeux
Eſt qu'il ſurvient ſouvent des accidens fâcheux.

　　Deux Poulains de très-bonne race ,
　　Grands, bien faits , marchant avec grace,
En folâtrant enſemble dans un pré ,
　　Après avoir bien pâturé ,
Des crins flottans de leur queue ondoyante ,
Prenoient plaiſir à ſe donner des coups.
C'étoit d'abord une guerre innocente ;
Mais un coup malheureux exeitant leur courroux,
　　En un combat changea la fête.
Ce coup étant tombé, ſans deſſein, ſur la tête
D'un de nos deux Poulains , ſon œil fut offenſé.
　　L'Animal ſe ſentant bleſſé ,

N iij

Vous lâche à l'autre une ruade ,
Que celui-ci rend à son camarade
Bref , tant la colere éclata ,
Que la scène s'ensanglanta ,
Et l'agresseur sortit le plus malade.

Enfans , que ce malheur vous serve de leçon,
De vos jeux , c'est ici l'image ;
Entre vous , par les pleurs , finit le badinage.
Des plaisirs innocens , que permet la raison ,
Et que l'on accorde à votre âge ,
Sachez faire un meilleur usage.

Risus dolore miscebitur, & extrema gaudii luctus occupat. *Prov.* **c**, 14. *v.* 13.

FABLE XI.

LE SCORPION ET LES ANIMAUX.

PAR sa piqure venimeuse,
Un Scorpion * d'humeur fâcheuse,
A divers Animaux avoit donné la mort.
    Leurs enfans, en troupe nombreuse,
    Assemblés pour regler le sort
De l'insecte cruel, auteur de ce ravage,
    Déciderent, sans nul partage,
Qu'on feroit par le feu périr le bestion.
Sur le champ on procéde à l'exécution.
On l'entoure de bois, en un cercle on l'enferme.
Lui, voyant qu'il ne peut échapper au danger,

---

*Scorpion, insecte qui a une vessie pleine
d'un dangereux venin, qui pique par la queue.
Pour guérir les piqures des Scorpions, il faut les
écraser sur la plaie, & on y applique aussi de l'huile
où on a fait mourir des Scorpions.

N iv

Prend son parti d'une ame ferme;

Dansle centre il vient se ranger,

Et par un affreux stratagême,

De son propre aiguillon il se perce lui-même:

Les Animaux tremblans, témoins de sa fureur,

Saisis de la plus vive horreur,

Contre le suïcide * éclatent en murmures,

On le charge à l'envi d'injures.

Quel monstre, disent-ils! en est-il un pareil?

S'est-il jamais, sous le soleil,

Commis un crime plus horrible?

C'est faire à la Raison l'affront le plus sensible.

C'est étouffer tout sentiment.

Nature en nous profondément

N'a-t-elle pas gravé le desir de la vie?

Que nous la conservions par nos soins cherement,

N'est-ce pas sa plus forte envie?

Voir la mort, ne la craindre pas,

Décele un grand cœur, un vrai sage;

---

* Suicide, se dit également du crime de se donner la mort, & de celui qui se la donne.

Mais de ſa propre main ſe donner le trépas ,

   C'eſt fureur , ce n'eſt pas courage.

Timidi eſt optare necem.

     Ovid. Metam. lib. 4.

  Rex eſt , qui metuit nihil ,

  Hoc regnum ſibi quiſque dat.

     Senec. in Thieſt.

FABLE XII.

LE LION ET LE CHIEN.

DANS la Cour d'un Lion accablé de vieillesse
Un fidele Mâtin s'acquit
Toute autorité, tout crédit,
Par ses conseils pleins de sagesse ;
Parvint au Ministère, & gouverna l'Etat
Avec tant de zele & d'adresse
Qu'il lui rendit bientôt tout son brillant éclat.
Mais, ô mœurs de la Cour ! que ne peut point
l'envie ?
Par intrigue & par flatterie,
Sur le foible Monarque on fit tant qu'on perdit
Le Ministre dans son esprit.
Au fond d'une forêt, en une Métairie,
Il se retire alors, il y vivoit content,
Et passoit doucement la vie,
Aidé de sa Philosophie.
A quelque tems de-là, ses amis, en chassant,
Découvrent par hazard le lieu de sa retraite.

Joyeux, mais étonnés de le voir jouissant
　　D'une tranquillité parfaite ;
Quoi donc ! lui disent-ils, vivre au milieu d'un
　　bois,
Sans le moindre souci de tes premiers emplois?
Se peut-il qu'à ce point on devienne stupide ?
Mes amis, écoutez, ma maison est solide,
　　Leur répond le Mâtin sensé ;
Que me serviroit-il de regretter ma place ?
　　En serois-je plus avancé ?
Lorsque de la faveur l'heureux tems est passé,
Ne faut-il pas sçavoir supporter la disgrace ?
　　Un cœur constamment vertueux
　　Craint peu la fortune volage :
Elle peut lui ravir, par des revers fâcheux,
Biens, emplois, dignités, mais jamais le courage.

　　　　　　Semita certè
Tranquillæ per virtutem patet unica vitæ.
　　　　　　Juven. Sat. 10.
Fortuna opes offerre, non animum potest.
　　　　　　Senec. in Medeâ.
Virtutis est domare quæ cuncti pavent.
　　　　　　Senec. in Herc. furent.

FABLE XIII.

LE POULAIN ET LE CHEVAL.

UN Poulain dans une prairie
Pâturoit à diſcrétion ;
Il avoit toujours à foiſon
Herbe tendre , verte & fleurie ;
Mais abondance engendre le dégoût ,
Et par trop d'aiſe on ſe laſſe de tout.
Cette herbe , que d'abord il trouvoit admirable ;
Lui devient à la longue un mets inſupportable ;
Il n'en peut plus tâter. D'aventure un Cheval
Paſſe par la prairie ; il lui conte ſon mal :
Enſeignez-moi , de grace , un autre pâturage ,
Lui dit-il ; en ce pré je ne fais que languir.
Si j'y demeure davantage ,
C'en eſt fait , il me faut périr.
Le vieux Courſier , qui voit qu'il ſe plaignoit de
graiſſe ,
Lui répond : mon ami , ſuis-moi ;

Dans peu tu trouveras de quoi
Contenter ta délicateſſe.
Les voilà donc trottant & par monts & par
vaux ;
Déjà l'Aſtre du jour terminoit ſa carriere.

Quand l'obſcurité fut entiere,
Le Cheval revint ſur ſes pas,
Ramene le Poulain à ſon parc ordinaire,
Par certain détour ſolitaire,
Que celui-ci ne connoît pas.

Affamé, fatigué, l'herbe fraîche le tente,
Il ſe met à brouter, il la trouve excellente,
Jamais il n'en goûta de plus appétiſſante.
On ſe repoſe, on dort. Dès que le jour parut ;
Le Poulain ſe voyant dans ſon pré, reconnut
Auſſi-tôt la ſupercherie ;
Et d'étonnement il s'écrie :
Comment eſt-ce que tout-d'un-coup
L'herbe a ſi fort changé de goût ?
Le Cheval lui répond : j'admire ta ſurpriſe,
Pour ne pas dire ta bétiſe.
Ton dégoût n'étoit ſûrement

Qu'un pur effet de ton caprice.

Pour réveiller l'appétit promptement,

Il n'est tel assaisonnement,

Que la faim, jointe à l'exercice.

FABLE XIV.

LE MAÎTRE ET SON CHIEN.

UN certain Maître aimoit son Chien à la folie,
 Il en faisoit sa compagnie ,
Et de sa propre main lui donnoit à manger ;
 Mais vouloit-il le corriger,
 A ses Valets il en laissoit l'office.
Comme les garnemens outroient cet exercice ,
 Le Chien s'enfuit de la maison ,
 Et je pense qu'il eut raison.
Le Maître ayant un jour rencontré dans la rue
Le fuyard , qui ne put échapper à sa vue ,
 Il lui reproche , avec aigreur,
 Sa dureté , son mauvais cœur.
Tu le sçais , lui dit-il , je faisois mon étude
 De prévenir tous tes besoins ;
 Et quelle est ton ingratitude
 D'avoir ainsi payé mes soins ?
 Bien grand - merci de vos services ;
Lui répond l'Animal ; voyez les cicatrices

Des coups que m'ont donné vos fideles suppôts,
　　　Elles paroissent sur mon dos ;
Vous en êtes l'auteur , ils ne sont que complices.
Ne disoit-il pas vrai ? Quand il s'agit du mal ,
　　　Commander ou faire est égal.

FABLE XV.

LE RUISSEAU ET LA PRAIRIE.

QUE ferois-tu fans moi, difoit à la Prairie
Le tranquille Ruiffeau ? Je fais ton ornement ;
    Mon onde pure, en ferpentant,
    Te rend toujours verte & fleurie.
Voi ces hauts Peupliers, ces Saules, ces Or-
    meaux,
    Dont je fais naître le feuillage
    En les arrofant de mes eaux.
    Ils te préfervent des vents chauds
    Par la fraîcheur de leur ombrage.
La tendre Philomele, & mille autres oifeaux,
    Que je raffemble des côteaux,
    Par leurs concerts & leur ramage
    Viennent te rendre un doux hommage.
J'attire fur ces bords les troupeaux bondiffans.
Charmés de ces beaux lieux, les Bergers, les
    Bergeres,

Sous les pas figurés de leurs danses légeres,

　　Foulent les gazons renaissans,

　　　Au son des Hautbois, des Musettes ;

　　　Tu me dois tous ces agrémens,

Et j'embellis pour toi ces paisibles retraites.

　　　Je conviens que tu m'embellis,

Lui répond la Prairie , & je mets à haut prix

　　　De tes services le mérite ;

　　　Mais envers moi te crois-tu quitte ?

　　　Pense-tu ne me devoir rien,

Quand tu fais ton profit du meilleur de mon bien ?

Ne tiens-tu pas de moi ce lit & ces rivages ,

　　　Qui font qu'en ce riche canal

Tu promenes tes eaux d'un cours toujours égal ?

　　　Mais, que dis-je ? sommes-nous sages ?

Pourquoi nous disputer nos heureux avantages ?

　　　Mettons-les plutôt en commun ;

　　　De tous nos biens ne faisons qu'un.

　　　Pour que ce bonheur soit durable ,

Que jamais entre nous rien ne soit contesté ;

　　　Chacun doit , pour la rendre aimable ,

Répandre l'agrément dans la société.

FABLE XVI.

LE CROCODILLE ET L'ICHNEUMON.

Parmi les Monſtres que l'Afrique
Produiſour déſoler l'Homme & les Animaux,
   Il en eſt un de l'eſpece aquatique
    Qui leur fait ſouffrir mille maux.
  Le Crocodille *, animal amphibie,
Sur les rives du Nil attaque les troupeaux,
Les enleve & les va dévorer ſous les eaux ;

---

* Crocodille. C'eſt une eſpece de Lézard amphibie, qui ſe nourrit dans les joncs, ſur le rivage des grandes rivieres. Les Crocodilles ſont couverts d'écailles difficiles à percer, excepté ſous le ventre, où ils ont la peau tendre ; leur gueule eſt grande, avec des dents aigues & ſéparées, qui entrent l'une dans l'autre ; & il y en a pluſieurs rangs. Ils ſont fort bas ſur leurs pieds, & rampans preſque à terre : ils vivent long-tems, & font leurs œufs ſur terre, quelquefois juſqu'au nombre de 60. Leurs pattes ſont armées d'ongles aigus & tranchans. Il y en a de ſi grands aux Indes,

Mais il a fon antagonifte ;

L'Ichneumon*, qui le guette, & le fuit à la pifte.

Quand celui-ci le voit fur le fable endormi,

Les yeux clos, la gueule béante,

———————————————————

qu'un homme de la grande taille pourroit de-
meurer debout entre leurs machoires. Aux Indes
Occidentales on les appelle Caymans, & il y en a
de fi forts, qu'on en a vu fe défendre contre trente
hommes, qui leur tirerent fix coups d'arquebufe fans
les pouvoir percer. On n'en trouve que dans les pays
chauds, & dans les grands fleuves, comme le
Nil, le Gange, l'Orenoque, &c.

* Ichneumon. C'eft un animal qui naît en Egypte ; il eft de la grandeur d'un Chat. Les Egyptiens
l'ont adoré autrefois, parce qu'il eft ennemi du
Crocodille, qu'il caffe fes œufs, & même qu'il le
tue quelquefois en lui rongeant les inteftins. Les
Naturaliftes remarquent que l'Ichneumon eft le
feul animal qui ait l'induftrie de fe fervir d'armes
défenfives : car quand il veut attaquer un Afpic,
il fe roule dans la boue, qu'il laiffe fécher, pour
lui fervir de cuiraffe. Autour d'Alexandrie on apprivoife les Ichneumons, comme les Chats & les
Chiens. Le propre de cet animal eft de chercher le
Crocodille & l'Afpic pour les tuer ; car il eft leur
ennemi irréconciliable.

Il s'approche en rempant, avec adreſſe il tente
De ſurprendre en ſecret le commun ennemi.
Il ſe gliſſe en ſon corps, lui ronge les entrailles,
Et ſe fait, pour ſortir, jour à travers ſes flancs,
Qu'il trouve dégarnis de ces dures écailles
Dont le Monſtre eſt muni contre les traits perçans.
  Enfin, par juſtes repréſailles,
Il laiſſe au bord du Nil ſes membres palpitans.

  Se fiant trop à ſa vaillance,
Lorſqu'un hardi Guerrier, ſur ſes lauriers s'endort,
  Il paiera cher ſa négligence.
Le plus foible ennemi vient à bout du plus fort,
  S'il le trouve ſans vigilance,

FABLE XVII.

L'Avare et son Coffre-Fort.

LA source de tout mal est la cupidité,
  Elle fait naître l'avarice :
Par ce maudit penchant quiconque est emporté,
Tôt ou tard sous ses pas se creuse un précipice.

Un vieux Avare étoit riche comme un Crésus*,
  Et faisoit de ses revenus
  Tous les jours une ample Recette ;
  Mais il vouloit avoir de plus
De sacs de mille francs la centaine complette.
Il n'en manquoit plus qu'un, & notre homme
   pleuroit,
  Se lamentoit, se désoloit,

---

* Crésus, dernier Roi de Lydie, l'un des plus
riches & des plus puissans Princes de son tems.
De-là est venu le Proverbe, riche comme un
Crésus. Ce Prince commença à regner l'An du
Monde 3442, & avant Jésus-Christ 562.

Etoit pâle, défait, & séchoit de détreſſe.

Son fils lui demanda d'où venoit ſa triſteſſe.

En ayant ſçû la cauſe, il emprunte à l'inſtant

   Cette ſomme ſecrettement,

La remet à ſon pere, & lui rend l'allégreſſe.

Le Vieillard auſſi-tôt court à ſon Coffre-Fort,

   L'ouvre avec un joyeux tranſport

Pour y poſer l'argent ; mais tandis qu'il s'incline ;

   Et qu'il a le cou ſur le bord,

Du couvercle ferré la peſante machine

   S'abbat & tombe tout-à-coup,

Et du reſte du corps lui ſépare le cou.

   Enfin, fort digne de l'Avare !

Sa tête renfermée avec ſon cher tréſor,

Demeure enſevelie au milieu de ſon or.

Ainſi, lorſque d'un cœur l'avarice s'empare,

S'il ſe laiſſe entraîner à cette paſſion,

Aveugle en ſes deſirs, lui-même il ſe prépare

   Une juſte punition.

Radix omnium malorum eſt cupiditas.

   Epit. Thimot. c. 6. v. 10.

Avarus non implebitur pecuniâ , & qui amat divitias , fructum non capiet ex eis , & hoc ergò venitas. *Ecclef. c. 5. v. 6.*

> Crefcit indulgens fibi , dirus hydrops :
> Nec fitim pellit , nifi caufa morbi
> Fugerit venis , & aquofus albo
> Corpore languor.
>
> *Horace , lib. 2. Ode 2.*

FABLE XVIII.

FABLE XVIII.

LE GENTILHOMME ET SON CHEVAL.

UN jeune Cavalier, Maître d'un beau Cheval,
Aimoit extrêmement ce superbe animal,
Et pour se l'attacher, le caressoit sans cesse,
Lui donnant chaque jour à manger de sa main.
Le fier Coursier sensible à sa tendresse,
Se rendoit empressé, doux, complaisant, humain,
Et le servoit avec adresse.
Le Maître, pour trois jours, se devant absenter,
N'eut rien de plus à cœur avant de le quitter,
Que de pourvoir à sa dépense,
Et d'avoine, & de foin, lui donne ample pitance:
Mais l'animal glouton, mangea tout dans un jour;
Après fallut jeûner. Le Maître à son retour,
Le trouvant sans chaleur, couché sur la litiere,
Déjà près de fermer les yeux à la lumiere,
A force de peines, de soins,
Le rappelle à la vie, & remplit ses besoins.

O

Ce ne fut là le tout, il le gronde, il le tance,
Et conclut par ce sage avis,
Qu'économie & tempérance,
Sont les seuls & les vrais appuis,
Qui soutiennent dans l'abondance.

FABLE XIX.

Le Chien, le Chat et le Singe.

Trois Animaux brouillons, pétulans, querelleux ,

Un Singe , un Chat , un Chien , étoient au même
Maître,

Toujours fe chamaillant , jamais d'accord entre
eux ,

Que pour voler tout ce qui pouvoit être
Plus à leur gré dans la maifon ;

Le Maître n'en avoit pas le moindre foupçon.
Voyant leur méfintelligence ,

Il ne prenoit nulle précaution ,
Et croyoit avec eux fes biens en affurance,
Si l'un , fe difoit-il , fongeoit à me voler.
L'autre auffi-tôt viendroit m'en faire confidence
Et ne manqueroit pas de me le déceler.
Ils ne fe paffent rien , toujours fur la défenfe ,

Sans ceffe ils font à bâtailler.
Sur ce raifonnement, tout étoit au pillage ,

Et fe perdoit dans fon ménage.

Riches, de vos maisons, tel est le triste sort ;

Quoiqu'ennemis en apparence,

S'agit-il de vous faire tort,

Tous vos gens sont d'intelligence.

Voulez-vous les tenir dans la fidélité ;

Il faut user de vigilance,

Et vous armer de défiance ;

Sans elle point de sûreté.

FABLE XX.

LA PERDRIX ET LE CHIEN-COUCHANT.

UNE jeune Perdrix, blottie en un gueret,
Et qui, par son babil, comme par son fumet,
S'étoit au Chien-couchant décelée elle-même,
     Vit que près d'elle il s'approchoit,
Et ne soupçonnant pas que c'étoit stratagême,*
Je sens, se disoit-elle, à son air de bonté,
     Qu'il ne vient que pour me défendre;
     Mais c'étoit pour mieux la surprendre
Par ce dehors de douceur affecté.
Voyant le Chien tenir son arrêt ** en silence,
Le Chasseur aux aguets, à pas comptés s'avance,

---

*Stratagême, mot qui vient du Grec, & qui veut dire ruse & finesse de guerre.

** Arrêt, terme de chasse, qui signifie l'action d'un Chien-couchant, qui s'arrête quand il sent la Perdrix ou le gibier.

Fait, pour tendre fon arc, un foible mouvement,
A la Perdrix alors la rufe fut connue ;
Mais trop tard, elle s'évertue,
S'éleve, part, le Chaffeur à l'inftant
L'atteint d'un trait léger, la renverfe & la tue.

Jamais un méchant, un flatteur,
Plus fûrement ne parviennent à nuire,
Que quand fous un air de douceur,
Pour nous tromper, ils fçavent fe produire.

FABLE XXI.

LE CHIEN QUI ABOYE A LA LUNE.

DANS la nuit , un Chien aboyoit
Contre la Lune , & lui chantoit injure ,
Et cependant elle continuoit
    A répandre sa clarté pure ;
    Lorqu'un Cheval , que le Mâtin gardoit ;
    S'ennuyant du bruit qu'il faisoit ,
Lui dit : crois-tu pouvoir obscurcir la lumiere
    Du bel Astre qui nous éclaire.
Pauvre animal , tes cris sont impuissans ,
Tais-toi , tu perds & ta peine & ton tems.

    Contre l'honneur du vrai mérite ,
    La jalousie en vain s'irrite ;
Et pour la diffamer , forme maint attentat :
Le mérite attaqué brille avec plus d'éclat.

FABLE XXII.

L'AVARE ENTRE CARYBDE ET SCYLLA.

CERTAIN Avare, une fois dans sa vie,
Voulut régaler ses amis :
Contre son ordinaire, en grands frais s'étant mis,
Il leur fit, dit-on, chere lie.
Il n'eft chere que de vilain;
Le Proverbe l'affure, & je le tiens certain.
Aucun des conviés ne fauffa compagnie ;
La belle humeur se mit de la partie.
Mais notre homme ayant pris place entre deux
gloutons,
Qui nettoyoient les plats & vuidoient les flacons,
Se trouvoit mal affis, faifoit trifte figure,
Et gémiffoit de l'aventure.
Lorfque d'un ton plaifant ; allons, lui dit l'un
d'eux ;
Bon vifage, notre Hôte, & montrez-vous joyeux

Que l'allégresse se déploie.

A moi, lui répond-il, demander de la joie !

En puis-je avoir, tandis que me voilà

Juste entre Carybde & Scylla ?

Toujours par quelque trait le penchant se déclare,

E t, même en prodiguant, un Avare est avare.

FABLE XXIII.

L'Ortolan et le Colibry.

QUe les Oiseaux de mon espece
Sont malheureux, disoit au Colibry
Un Ortolan* ! on nous poursuit sans cesse.
De nos chairs le goût fin & la délicatesse
Font que, pour nous sauver, il n'est aucun abri.

---

* Ortolan. C'est un petit oiseau délicieux à manger, qui est moindre que l'Alouette, & qui vit de millet ; il a le bec, les jambes & les pieds rouges, les ailes mêlées de noir & de jaune ; le ventre orangé ; la tête, le col, la poitrine jaune, avec des grains orangés. Dans le tems du passage, on en prend grande quantité en Lombardie, & dans les pays de montagnes, où il y en a en abondance. On en tient de pleines chambres afin de les engraisser. Cet oiseau devient quelquefois si gras, qu'il en creve, & pese jusqu'à trois ou quatre onces. L'on en fait grand cas dans les festins, & l'on en envoye dans tous les pays, comme le plus délicat de tous les mets. Vers Saint Jean

On vient de toutes parts nous attendre au paſſage.

On nous prend , on nous met en cage.

Sommes-nous engraiſſés ; c'en eſt fait de nos

jours :

On nous employe au luxe de ces tables

Où les mets recherchés & les plus délectables

Etalent le faſte des Cours.

A ton égard il n'en eſt pas de même ,

De tes jours fortunés rien n'abrége le cours.

Oiſeau charmant , ta petiteſſe extrême

Eſt ta garde & ta ſûreté.

Tu vis du ſuc des fleurs , ſans chagrin & ſans

peine.

Tu ſcais peu de mon ſort quelle eſt la dureté ,

---

de Bonnefons il en paſſe une ſi grande quantité ,
que les Oiſeleurs y vont de vingt lieues à la ronde pour en prendre. L'Ortolan ne manque point
de venir le quinze ou le vingt Avril , & s'en
retourne depuis le commencement d'Août , juſqu'à la fin , auquel tems on en prend quantité.
Son chant eſt très-agréable.

Répond le Colibry * ; mes charmes, ma beauté;
L'éclat de mes couleurs font ma perte certaine.

Apprends quel est mon triste sort ;
par mille inventions on avance ma mort,

---

* Le Colibry est un oiseau de l'Amérique, qui
peut passer pour un petit miracle de la Nature, pour
sa beauté, sa bonne odeur, sa nourriture & sa pe-
titesse. Il n'est pas plus gros qu'une grosse mouche; mais d'un plumage si beau, que son col,
son bec & ses aîles représentent l'Arc-en-ciel. Il
a un rouge si vif sur le col, qu'on le prendroit pour
un rubis; le ventre & le dessous des ailes sont
jaunes comme l'or, ses cuisses vertes comme l'é-
meraude; les pieds & le bec noirs & polis comme
de l'ébeine; les deux yeux comme des diamans
en ovale, de couleur d'acier bruni; la tête verte,
avec un éclat aussi grand que si c'étoit de l'or. Les
mâles ont une petite huppe sur la tête, qui ras-
semble toutes les couleurs qui se trouvent dans
le reste du corps, & sont plus beaux que les femelles : en volant ils font un petit bruit en l'air,
comme si un tourbillon de vent s'élevoit; ce qui
arrive si subitement, qu'on les entend plutôt qu'on
ne les voit. Ils ne vivent que de la rosée & du
suc des fleurs, qu'ils tirent avec leur petite lan-

Pour me faire fervir aux Dames de parure.

Hélas ! fi la beauté , l'objet de tant de vœux ,

 Eft un préfent de la Natúre ,

 C'eft un préfent bien dangereux.

---

gue. La femelle pond ordinairement deux œufs de figure ovale , de la groffeur d'un petit pois ; & quoique ces petits animaux perdent beaucoup de leur beauté en mourant, il leur en refte tant que les Dames de l'Amérique en font leurs plus beaux pendans d'oreilles. Ils fentent l'ambre & le mufc.
Biblioz. univ. & Hift. Août 1687. *tom.* 6. *p.* 244.

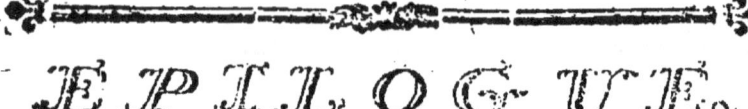

EPILOGUE.

JE l'ai fini , ce long Ouvrage :
Puiſſe-t-il plaire aux jeunes gens ,
Leur être utile par l'uſage ,
Je n'aurai pas perdu mon tems !

Mais ne peut-il ſervir à d'autres ?
Oui , ſans doute , il le peut , j'y donne des leçons
A diverſes conditions.
Les vices , les vertus des enfans ſont les nôtres.

Sous l'emblême des animaux ,
J'y rends , par mes couleurs, les vices déteſtables ,
Et j'y peins les vertus avec des traits aimables ,
Pour réformer nos mœurs , corriger nos défauts.

Telle étoit la Métamorphoſe
Que j'avois oſé projetter.
Lecteurs , ſur nos leçons , ne faites point de gloſe ,
Tâchez plutôt d'en profiter.

F I N.

TABLE

ALPHABETIQUE

Des Fables contenues dans ce Volume.

R.

S.

T.

V.

Fin de la Table Alphabétique.

TABLE
ALPHABÉTIQUE
DES MATIERES,
DE MORALE ET AUTRES,
Contenues dans ce Volume.

A.

ADRESSE. La force céde à l'esprit, à l'adresse.
L. VII. F. 19.-p. 51.

Mieux vaut user d'adresse que de force ; le succès en est plus certain ; nombre de gens sont pris à cette amorce. L. XII. F. 6. p. 23.

Adversité. L'opulence séduit, & l'on s'y méconoit. L'Adversité vient-elle, on sent ce que l'on est. L. VIII. F. 8. p. 79.

Affaire. Le tout n'est pas dans une affaire de commencer ; mais le point nécessaire est de sçavoir le moyen de finir. L. X. F. 22. p. 210.

Appétit. Pour réveiller l'appétit promptement, il n'eſt tel aſſaiſonnement, que la faim jointe à l'exercice.   L. XII. F. 13. p. 302.

Avis. Tourner en badinage les avis qu'on reçoit d'un Sage, c'eſt montrer peu de jugement, & reſter dans l'égarement. L. VIII. F. 13. p. 94.

Auteurs. Leurs préventions.
         L. X. F. 18. p. 204.

Auteurs méchans & ſatyriques ne font que troubler la ſociété. Si le genre-humain en étoit déliyré, il vivroit content.   L. XI. F. 13. p. 248.

B.

Beauté. Si la beauté, l'objet de tant de vœux, eſt un préſent de la Nature, c'eſt un préſent bien dangereux.   L. XII. F. 23. p. 325.

Buveur Quiconque a bû, boira ; le Proverbe eſt certain. Pour guérir un Buveur, il eſt peu de reſſource.   L. VII. F. 9. p. 24.

C.

Gens de bonne-chere, qui, de boire & manger, font leur unique affaire, ne ſort dans un état d'aucune utilité.   L. XI. F. 11. p. 242.

Cœur. Chercher les défauts, les reprendre, eſt la marque d'un mauvais cœur: voir le bien, l'aimer,

D.

font-ils montrés, on s'irrite, & rarement on en profite.   L. XII. F. 3. p. 276.

Défense. Voilà l'effet de la défense, elle produit toujours la désobéissance.

L. X. F. 7. p. 179.

Désintéressement. C'est une qualité essentielle dans les Domestiques.   L. IX. F. 8. p. 134.

Dieu. Quand Dieu parle, l'homme doit se taire.

L. VII. F. 8. p. 25.

Diète & repos, font deux grands médecins qui chassent bien des maux.   L. XI. F. 9. p. 238.

Disgrace. Lorsqu'on est dans l'abondance, on ne pense qu'à jouir : a-t-on appris à souffrir, les disgraces font qu'on pense, s'il est des malheureux, qu'il faut les secourir.   L. IX. F. 6. p. 129.

Distinctions. Veut-on vivre en paix avec ses égaux, il faut éviter toutes distinctions.

L. X. F. 9. p. 283.

Divisions. Lorsque des Chefs, pour satisfaire leur orgueil, leur ambition, veulent chacun primer, tout leur devient contraire, & l'Etat dépérit par leur division.   L. XI. F. 20. p. 262.

Domestiques. Moyen de les tenir dans la fidélité.

L. XII. F. 19. p. 316.

Le plus foible ennemi vient à bout du plus fort, s'il le trouve sans vigilance.

L. XII. F. 16. p. 309.

Ennemis. Les gens prudens ne se laissent point prendre à leur air gracieux & à leurs douces paroles. L. IX. F. 17. p. 156.

Envie. L'éclat dont brille la vertu, dissipe les vapeurs de l'envie. L. IX. F. 9. p. 136.

Etude. L'Etude veut de la constance dans un laborieux repos. L. XI. F. 4. p. 227.

Exemple. Dans un pere, la vie au crime accoutumée parle plus haut que les discours.

L. VII. F. 11. p. 30.

Expérience. Sans l'esprit & sans la prudence, à rien ne sert l'expérience. L. X. F. 8. p. 180.

Extérieur. On est souvent trompé par l'extérieur.

On ne connoît ce que nous sommes, qu'aux qualités de l'esprit & du cœur. L. IX. F. 7. p. 131.

F.

Fanfaron. Abattre un Fanfaron, c'est vaincre sans honneur. L. XI. F. 7. p. 232.

Fardedu. Un Fardeau, quand il est utile, à porter n'est point difficile. L. 9. F. 19. p. 158.

Flatterie. Elle empoisonne & corrompt les cœurs. L. VIII. F. 12. p. 91.

Le sordide intérêt, la basse flatterie, ne sont dignes que de mépris. **L. XI. F. 2. p. 221.**

Flatteurs. Le flatteur tôt ou tard est haï, detesté, & puni de sa lâcheté.

L. VII. F. 22. p. 58.

Jamais un méchant, un flatteur, ne réussissent mieux à nuire, que quand, sous un air de douceur, pour nous tromper, ils sçavent s'introduire.

L. XII. F. 20. p. 318.

Foibles. Les foibles volontiers offrent leur assistance à ceux qui sont foibles comme eux.

L. VII. F. 13. p. 35.

Force. Il ne faut point régler nos forces sur celles d'autrui; mais mesurer les nôtres. **p. 80.**

Fortune. Elle peut bien ravir à un homme constamment vertueux les biens, les dignités, mais jamais le courage. **L. XII. F. 12. p. 299.**

H.

Habitude. Les mauvaises habitudes se corrigent difficilement dans les enfans. **L. VII. F. 11. p. 31.**

J. I.

Jalousie, envie. Voulons-nous nous délivrer de ces passions, il faut penser à nos défauts.

L. VII. F. 2. p. 63.

Jeux. Les jeux de main font dangereux, ils commencent par des ris, & finiffent fouvent par des pleurs & par des accidens fâcheux. Exhortation fur cela aux enfans.   L. XII. F. 10. p. 294.

Indépendance. Il n'eft point d'état plus dangereux pour les hommes. S'affujettir aux loix, vivre fous leur puiffance, eft le feul qui les rende heureux.   L. IX. F. 12. p. 143.

Ingrats. Leur folie eft extrême; nuire à fon bienfaiteur, c'eft fe nuire à foi-même.
L. XII. F. 8. p. 287.

Innocence. Quand c'eft un parti pris d'accabler l'innocence, en vain, par des raifons, en prend-on le défenfe.

Intempérance. Elle eft caufe d'une infinité de maladies; elle eft le premier miniftre de la mort.
L. VIII. F. 15. p. 98.

Intérêt. Le fordide intérêt, la baffe flatterie, ne font dignes que de mépris. L. XI. F. 2. p. 221.

Quiconque a deffein de mal faire, quand il trouve l'occafion, ne manque jamais de raifon; celle de l'intérêt eft la plus ordinaire.
L. XI. F. 6. p. 230.

Juge. Etre Juge, eft un bel emploi. Veut-on le faire avec décence; il faut à l'amour de la loi, joindre la probité, le travail, la fcience.
L. X. F. 12. p. 191.

Trop de précaution est nuisible aux méchans.

L. X. F. 3. p. 170.

Rien n'est si dangereux que de les aider, c'est travailler soi-même à sa propre ruine.

L. IX. F. 21. p. 161.

Médisant. C'est un mauvais métier que celui de médire ; gens adonnés à la satyre presque toujours en sont les sots.   L. XII. F. 5. p. 281.

Tel qui fait sur autrui rire par ses bons mots, lui-même à ses dépens, tôt ou tard donne à rire.

Idem.

Mérite. Contre l'honneur du vrai mérite, la jalousie en vain s'irrite, & pour la diffamer forme maint attentat ; le mérite attaqué brille avec plus d'éclat.   L. XII. F. 21. p. 319.

Métier. Chacun doit faire le métier auquel il est propre.   L. VIII. F. 10. p. 86.

Mode. Quand la Mode prévaut, & le luxe domine, l'état le plus brillant panche vers sa ruine.

L. XI. F. 1. p. 219.

Mort. Personne ne peut lui échapper.

L. IX. F. 16. p. 259.

Crainte de souffrir peu de chose, à la mort souvent on s'expose.   L. VII. F. 18. p. 47.

Se donner la mort, c'est fureur, ce n'est pas courage.   L. XII. F. 11. p. 292.

La plûpart fans lumieres , fans connoiffance &
fans égards pour les talens , dans le moment de la
naiffance , fixent le fort de leur enfans , & les
rendent toute la vie les objets du mépris & de
la raillerie. L. XI. F. 23. p. 268.

Parure. Quand on eft de laide figure , tâcher
de la mettre en honneur par l'ornement & la parure , c'eft enchérir fur la laideur.

L. XI. F. 19. p. 259.

Peines. Chacun a les fiennes dans ce monde ;
rien n'eft fi capable de les adoucir , que de penfer
qu'il eft des gens encore plus malheureux.

L. IX. F. 15. p. 151.

Petits. Ils trouvent dans leur prudence des reffources contre la puiffance des Grands , qui vou
droient les brifer. L. IX. F. 20. p. 160.

Peuple. Il eft dangereux de l'irriter , il porte à
l'excès la vengeance. L. X. F. 5. p. 174.

Prévoyance. Se repent-on jamais de trop de
prévoyance? les foins feuls donnent l'affurance.

L. VII. F. 2. p. 12.

Laiffons agir la Providence ; une trop vive
prévoyance hâte fouvent notre deftin.

L. X. F. 17. p. 203.

Prince. Sous un bon Prince on vit tranquille ,
de la Paix fa Cour eft l'afyle; fous un Tyran on fé

peut acquérir la Science. L. XI. F. 4. p. 227.

Sédition. D'une sédition a-t-on puni l'auteur, le châtiment du chef étouffe la rumeur.

L. IX. F. 4. p. 124.

Service. Si l'on veut le rendre agréable, il faut prendre le tems favorable ; mais le rend-on à contre-tems, c'est s'exposer à de durs traitemens.

L. X. F. 10. p. 185.

Ne comptez pas trouver des cœurs reconnoiffans, Mortels, quand par vos injuſtices, vous terniffez l'éclat de vos ſervices ; pour inſpirer des ſentimens, dans vos bienfaits ſoyez conſtans.

L. X. F. 14. p. 196.

Silence. Garder à propos le ſilence, eſt plus important qu'on ne penſe. L. IX. F. 3. p. 121.

Société. Chacun y doit répandre l'agrément, pour la rendre aimable. L. XII. F. 15. p. 306.

Sot. A fréquenter les ſots, on devient ſot comme eux, & ſotiſe eſt toujours le lot des orgueilleux.

L. X. F. 2. p. 166.

Moins de gloire, & plus de repos, l'éclat eſt le bonheur des ſots. L. XI. F. 21. p. 263.

Telle eſt des Sots la manie, leur orgueil ſe glorifie de leur propre deshonneur ; leur fatuité s'appuie ſur ce qui fait leur malheur.

L. X. F. 11. p. 188.

Les fots fuivent les fots, pour rire à leur dépens.
L. IX. F. 5. p. 127.

T.

Travail. Mieux vaut travailler que mourir.

L. VII. F. 6. p. 18.

Celui qui ne veut rien faire, n'a pas droit aux fruits de la terre. L. VIII. F. 3. p. 66.

La plus grande partie des hommes ne travaillent que pour la terre, bien peu travaillent pour les Cieux. L. VIII. F. 5. p. 73.

V.

Valeur. La valeur est un don des Cieux.

L. X. F. 13. p. 194.

Vengeance. En se vengeant on s'expose à périr.

L. X. F. 16. p. 201.

Vérité. On l'aime quand elle se montre à nous brillante. On la hait & on la fuit quand elle censure nos mœurs & nos défauts.

L. VIII. F. 18. p. 116.

Elle a des droits & un grand pouvoir sur les cœurs. L. X. F. 1. p. 164.

Vertu. De l'aimable vertu perd on la bonne odeur, on n'est plus qu'un objet d'horreur.

L. X. F. 4. p. 172.

Voleur. Qui fait métier de volerie, tôt ou tard y perdra la vie. L. X. F. 6. p. 176

Entre voleurs il n'y a point de sûre alliance

parce qu'ils n'ont point de bonne-foi , & que la bonne-foi feule établit l'affurance.

Voleur domeſtique. Par-tout on le punit de mort.

Fin de la Table des Matieres.

APPROBATION.

J'AI lû, par ordre de Monseigneur le Vice-Chancelier, un manuscrit qui a pour titre : *Fables Nouvelles*, dont je n'ai rien trouvé qui puisse en empêcher l'impression. A Paris, ce 10 Mai 1763.

BONAMI.

PRIVILÉGE DU ROI.

LOUIS, par la grace de Dieu, Roi de France & de Navarre : A nos amez & féaux Conseillers, les Gens tenans nos Cours de Parlement, Maîtres des Requêtes ordinaires de notre Hôtel, Grand Conseil, Prevôt de Paris, Baillifs, Sénéchaussés, leurs Lieutenans Civis & autres nos Justiciers qu'il appartiendra : SALUT : Notre amé DES VENTES DE LA DOUÉ, Libraire, Nous a fait exposer qu'il desiroit faire imprimer & donner au Public, *des Fables Nouvelles*, *second Tome* ; s'il Nous plaisoit lui accorder nos Lettres de Permission pour ce nécessaires. A CES CAUSES, voulant favorablement traiter l'Exposant, nous lui avons permis & permettons par ces présentes, de faire imprimer ledit Ouvrage autant de fois que bon lui semblera, & de le vendre, faire vendre & débiter par tout notre Royaume pendant le tems de trois années consécutives, à compter du jour de la date des Présentes. FAISONS défenses à tous Imprimeurs, Libraires, & autres personnes, de quelque qualité & condition qu'elles soient, d'en introduire d'impression étrangere dans aucun lieu de notre obéissance. A LA CHARGE que ces Présentes seront enregistrées tout au long sur le Registre de la Communauté des Imprmeurs & Libraires de Paris, dans trois mois de la date d'icelles, que l'impression dud. Ouvrage sera faite dans notre Royaume, & non ailleurs, en bon papier & beaux caracteres; que l'Impétrant se conformera en tout aux Réglemens de la Librairie, & notamment à celui du 10 Avril 1725, à peine de déchéance de la présente Permission; qu'avant de l'exposer en vente, le Manuscrit qui aura servi de copie à l'impression dudit Ouvrage, sera remis dans le même état où l'Approbation y aura été donnée, ès mains de notre très-cher & féal Chevalier, Chancelier de France, le Sieur DE LAMOIGNON, & qu'il en sera ensuite remis deux exemplaires dans notre Bibliotheque publique, un dans celle de notre Château du Louvre, un dans celle dudit Sieur DE LAMOIGNON, & un dans celle de notre très-cher & féal Chevalier, Vice-Chancelier, & Garde des Sceaux de France le Sieur DE MAUPOU : le tout à peine de nullité des Présentss. DU CONTENU desquelles vous MANDONS & enjoignons de faire jouir ledit Exposant & ses ayans causes, pleinement & paisiblement, sans souffrir qu'il leur soit fait aucun trouble ou empêchement. VOULONS qu'à la Copie des présentes qui sera imprimée tout au long au commencement ou à la fin dudit Ouvrage, foi soit ajoûtée comme à l'original. COMMANDONS au premier Huissier ou Sergent sur ce requis de faire pour l'exécution d'icelles tous actes requis & nécessaires, sans demander permission ; & nonobstant clameur de Haro, charte Normande, & Lettres à ce contraires. Car tel est notre plaisir. DONNÉ à Paris, le 4 Novembre 1767, & de notre regne le cinquante-troisiéme. Par le Roi en son Conseil.

LE BEGUE.

Registré sur le Registre XVII. de la Chambre Royale & Syndicale des Libraires & Imprimeurs de Paris, N. 1633. fol. 314. conformément au Réglement de 1723. A Paris, ce 13 Novembre 1767. GANEAU, *Syndic.*

Reliure serrée

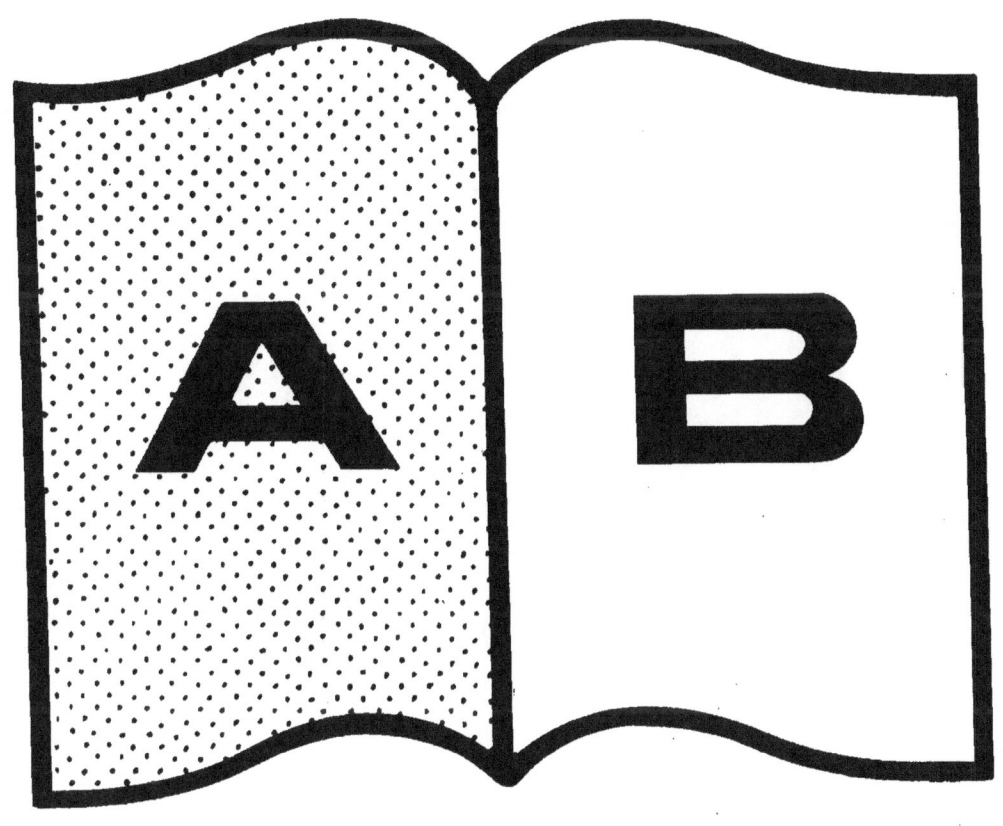

Contraste insuffisant

NF Z 43-120-14

www.ingramcontent.com/pod-product-compliance
Lightning Source LLC
Chambersburg PA
CBHW060928030726

47503CB00003B/521